Schwanger mit dem ersten Kind
und die großen Illusionen
Lisa verwandelt sich in eine Superheldin

Geschichte 1

Bibliographische Information der Deutschen Nationalbibliothek
Die Deutsche Nationalbibliothek verzeichnet diese Publikation
in der Deutschen Nationalbibliografie; detaillierte bibliografische
Daten sind im Internet über http://dnb.dnb.de abrufbar.

Originalausgabe 2023

Verfasserin und Herausgeberin: Alexandra Gelemerova,
www.alexandra-gelemerova.de

Lektorat: Katrin Rösler M.A., www.dietexteurin.com
Buchsatz: misa bookdesign, www.misabookdesign.de
Covergestaltung: Charline Alcantara, www.charline-alcantara.de
Herstellung und Verlag: BoD – Books on Demand, Norderstedt

ISBN: 978-3-7597-1526-5

Alexandra Gelemerova

Schwanger mit dem ersten Kind und die großen Illusionen

Lisa verwandelt sich in eine Superheldin

Geschichte 1

Inhaltsverzeichnis

Schwanger werden oder der beste Sex aller Zeiten 7

Die ersten drei Monate oder wie sich Spiderman fühlt.... 25

Die mittleren drei Monate oder Superman
kommt angeflogen 55

Die letzten drei Monate oder Vorsicht, Hulk kommt! 67

Schwanger werden oder
der beste Sex aller Zeiten

Lisa sitzt im Fortbildungsseminar und wippt ungeduldig mit dem Fuß unterm Tisch. Den Stoff kennt sie bereits: eine Software für Bibliothekare. Sie muss die Nutzung dieser Software den anderen Mitarbeitern beibringen in ihrer Sandwichfunktion zwischen den Endnutzern und den IT-Admins. SpongeBob also. Immer nett, immer bereit. Die Aufgabe schien ihr zum Anfang interessant, doch mit der Zeit begreift sie, dass sie sich in einen Sumpf aus Frustration und Ärger begeben hat. Neben ihren normalen Aufgaben muss sie auch das noch erledigen. Die älteren Mitarbeiter weigern sich sowieso, kurz vor der Rente irgendwas Neues zu lernen, die jüngeren wiederum wollen, dass alles auf Anhieb funktioniert und zwar so, wie sie es haben möchten und die IT-Admins sind zu beschäftigt, um auf Anfragen einzugehen. Für sie sitzt das Problem ohnehin vor dem und nicht im Computer. Also war sie nun da, mit all den Beschwerden und der Meckerei, die in ihrem Postfach ankommen. Ans Telefon geht sie fast nicht mehr. Für einen Rückzieher ist es jetzt aber zu spät. Ihr harmoniesüchtiger, überaus verantwortungsvoller innerer Kritiker erlaubt es ihr einfach nicht. Er sagt zu ihr: »Mädel, das hast du dir selbst zuzuschreiben, nun löffele die Suppe aus! Sonst ... Tja, sonst wird dich niemand mehr mögen, niemand wird dich für fähig halten, der Chef wird unzufrieden sein und so weiter und sofort.« Ihre innere Stimme spricht in diesem Ton immer wieder. »Zum Kotzen, mit dieser inneren Stimme, halt einfach die Klappe!«, denkt Lisa manchmal. Doch bald taucht die Stimme wieder auf und Lisa hört weiter zu. Diesen inneren Kritiker stellt sich Lisa wie einen alten Magier vor, mit einem langen weißen Bart und einem alten grauen Gewand. Anstatt des Zauberstabs hat er stets einen großen Löffel in der Hand. Drum herum hat er viele Vorratsgläser auf seinem riesigen Regal zu stehen, auf denen steht so was wie: »moralische Weisheit«, »Nettigkeitsweisheit«, »Hilfsbereitschaftsweisheit«, »Richtigkeitsweisheit«, »Fleißweisheit«, »Arbeitsweisheit«. Mit dem Löffel isst der Magier die Weisheit aus diesen Gläsern und wedelt mit seinem Löffel und den Erkenntnissen vor Lisas Nase. Deswegen nennt Lisa ihn den weisen Löffler.

Seit zwei Stunden schon kann sie sich gar nicht mehr konzentrieren. Ihre Gedanken kreisen nur um eins: ihre Periode. Diese war schon immer unregelmäßig, aber so lange ist sie nie ausgeblieben. Mehr als zwei Wochen sind es jetzt schon. Seit ein paar Tagen vermutet sie, dass sie schwanger ist. Davor ist ihr diese Idee einfach nicht gekommen. Bis jetzt hatte sie keine Möglichkeit, in die Drogerie zu gehen und sich einen Test zu holen. Auf der Arbeit gibt es viel zu tun und sie macht ständig Überstunden. Doch heute steigt die Panik ins Unermessliche. »Heute muss ich mir unbedingt die Zeit nehmen!«, denkt sie. »Auf dem Rückweg, im Haupthahnhof hole ich einen Test und gehe geradewegs nach Hause und mache den Test. Der wird bestimmt negativ ausfallen«, denkt sie. »So wie immer. Ich kann mir nicht vorstellen, dass was passiert sein könnte.«

Gedacht, getan. Nachdem sich der Dozent verabschiedet hat, stürzt Lisa durch die Tür wie eine Wahnsinnige und rennt durch die tristen Marzahner Straßen, bedeckt mit schlammigen Herbstblättern. Die kahlen Bäume und die Hochhäuser, deren Wohnungen wie aneinandergeklebte Streichholzschachteln aussahen, ragen in den Himmel über Lisas Kopf. Es nieselt und Lisa hat wie immer keinen Regenschirm dabei. Sie fährt anschließend in der Berliner S-Bahn und wippt immer zu ungeduldig mit dem Fuß. Dabei sitzt sie am Fenster und starrt abwesend durch die Scheibe. Endlich angekommen, holt sie sich aus der Drogerie drei Tests. »Sicher ist sicher«, sagt sie sich. Zu Hause – sie hat sich nicht einmal ausgezogen – führt der erste Schritt ins Badezimmer. Hier steht sie nun noch mit Jacke, halbverrutschter Mütze auf dem Kopf und mit Schlamm bedeckten Schuhen, pieselt keuchend vor Aufregung auf einen Schwangerschaftstest. Drei Minuten später glotzt Lisa den ersten Test an und kann nicht glauben, was sie sieht. Zuerst erscheint ein Streifen, anschließend der zweite. Der Test ist positiv! Prompt greift sie zum zweiten – und danach zum dritten Test. Zum Glück hat sie im Seminar den ganzen Tee aus der Thermoflasche ausgetrunken. Vor lauter Nervosität, nicht weil sie Durst hatte.

Lisa reißt die Augen bei jedem Test weiter auf. Ihr Herz schlägt so kräftig, dass sie das Gefühl hat, es wird aus ihr herausfliegen oder in ihrem Hals steckenbleiben. Alle Tests sind positiv! Sie liegen alle vor ihr auf dem Waschbecken. Alle mit zwei Streifen! »Scheißeeeeeeeeeeeeeee. Was machst du denn nun?!«, schreit der blöde weise Löffler. Der Schock erreicht endlich auch ihr Gehirn und Tränen rollen aus ihren Augen.

Sie fängt laut an zu heulen. »Scheiße, Scheiße, Scheißeeeee! Latein-Amerika kannst du von nun an auf Bildern genießen! Hoffentlich geben sie mir das Geld für die Reise zurück, wenn ich storniere! Ich kann gar nicht mit Kindern umgehen! Ich habe doch keine Ahnung von Babys! Wie wird das alles?! Ich darf keinen Kaffee mehr trinken! O Gott, wie werde ich morgens aufstehen?! Ohne Kaffee! Wie werde ich es überleben?! Auf Alkohol kann ich irgendwie verzichten, aber auf Kaffee!? Und Miro!? Wir sind doch getrennt! Na toll, eine alleinerziehende Mutter! Gut eingefädelt!« Sie schlendert in ihr dunkles Schlafzimmer, zieht wie im Schlafwandel die Schuhe aus, lässt ihre Jacke und die Mütze einfach auf den Flurboden fallen. Sie macht das Licht nicht an, obwohl es draußen bereits stockdunkel ist. Diese dunkle Jahreszeit schlägt ihr schon immer ans Gemüt. Kraftlos setzt sie sich aufs Bett und starrt so in die Dunkelheit eine ganze Weile. Sie merkt nicht, wieviel Zeit verstreicht, eine Stunde, vielleicht zwei. Lisa fühlt, wie ihre Beine einschlafen und ihr Rücken weh tut. Ihr ist kalt, da sie die Heizung tagsüber ausschaltet. Meist ist sie so lange auf der Arbeit, dass es sich nicht lohnt, die Heizung anzulassen. »Was soll ich denn nun machen? Wie schaffe ich es mit einem Baby? Wie wird das alles? Kann ich das wieder rückgängig machen? Wo ist der Schalter?!«, fragt sie sich immer wieder. Das Nachbarskind fängt an zu weinen. Und die Mutter schreit wie immer. »Nein! Nein habe ich gesagt! Hör sofort auf! Lass mich in Ruhe!« Schnelle Schritte und zugeknallte Tür. Das Kind weint noch heftiger. Das Gebäude, in dem Lisa wohnt, wurde in den sechziger Jahren gebaut und sie hat das Gefühl, dass man jeden Pups hört. Die Wände sind wie aus Karton. Das Kind weint oft und

Lisas Kopf fühlt sich wie in einer Klemme jedes Mal, wenn sie hört, wie die Eltern schreien. Wenn sie das Kind nicht anschreien, dann schreien sie sich gegenseitig an. Lisa überlegt oft: »Warum trennt ihr euch nicht, Leute?! Warum harrt ihr in dieser beschissenen Situation aus?!« Wenn das Kind tobt, schreit, rennt oder mit Spielzeugen herumwirft, ist es für Lisa tausendmal besser als dieses ständige Brüllen der Eltern, das sich Tag für Tag wiederholt. An den Wochenenden ist es besonders schlimm, als würde es ihnen Spaß machen, zu Hause mit einem frustrierten Kind zu hocken und sich die ganze Zeit anzumeckern. Sie erinnert sich an den Nachbarn aus der zweiten Etage, der sich über die Kinder aus der dritten Etage immer wieder beschwert.

»Das geht gar nicht!«, meinte er einmal zu Lisa am Eingang. »Die Trampeltiere gehen mir so was auf die Nerven! Das Mädchen geht noch, aber der Junge rennt und springt die ganze Zeit! Wie auf einer Baustelle, sage ich dir! Ich kann nicht mal eine Freundin mitbringen. So was hält man ja nicht länger als eine Stunde aus!«

»Na, wenn du keine Frau rumkriegst, schiebe die Schuld dafür nicht den Nachbarskindern in die Schuhe!«, dachte Lisa, sagte es aber nicht. Sie war müde nach einem langen Arbeitstag und wollte einfach nur nach Hause. Als Antwort murmelte sie nur: »Sie werden schnell groß. In ein paar Jahren sind sie die ganze Zeit am Zocken und werden bestimmt keinen Lärm mehr machen.«

»Bis dahin muss ich sie aber aushalten!«, rief der Mann unzufrieden.

»Die Welt gibt an, ach so kinderfreundlich zu sein, aber in Wirklichkeit sind wir alle verdammt kinderunfreundlich!«, dachte Lisa und begab sich ins Treppenhaus. Die Erinnerung an diese Unterhaltung reißt Lisa zumindest für ein paar Minuten aus ihren Gedanken. Sie seufzt müde und reibt sich die Stirn und den Nacken. Sie hört, dass die Mutter wieder beim Kind ist und ruhiger spricht. Das Kind hört allmählich auf zu weinen. »Gott sei Dank!«, flüstert Lisa. Sie versucht, gerade zu sitzen und fasst sich an den Bauch. Sie stellt sich vor, wie es sich da ein kleines Wesen gemütlich macht und eine angenehme Wärme verbreitet sich von diesem Gedanken in ihrem Körper. Lisa wischt sich die Tränen einigermaßen ab, steht auf und schaut sich im Spiegel ihres Kleiderschranks an. Sie sieht denkbar schlecht aus, kreideblass und mit einem Zombieblick. Wie die Gestalt aus einem Horrorfilm beobachtet sie sich ein paar Minuten mit verquollenen Augen und zerzausten roten krausen Haaren. Die Wimperntusche ist überall auf dem Gesicht verteilt. »Mach jetzt nicht so ein Gesicht«, sagt sie sich und klopft sich selbst auf die Schulter. »Du hast fünf Jahre in einem Vollzeitjob gearbeitet. Genug Elterngeld wirst du bekommen. Das ist schon mal klar. Außerdem: Seit zwei Jahren verhütest du mit Miro nicht mehr. Er kommt angeblich draußen. Diese Art von Verhütung ist nur in der Männerimagination total sicher. Ihr kommt nicht so oft zusammen, aber du wusstest, dass die Möglichkeit schwanger zu werden, besteht. Tue jetzt nicht so, als wäre dein Baby vom Himmel gefallen! Du wusstest genau, was du da machst! Er hat es auch nicht mit verbundenen Augen getan. Außerdem solltest du jetzt nicht an Miro denken, sondern an dich und daran, was du willst. Du bist über dreißig Jahre alt. Du hast immer gesagt, wenn was passiert, dann passiert es. Und ich werde mich freuen. Wo ist denn jetzt die Freude, bitteschön!? Mit Miro bist du nicht zusammen. Na und? Gut genug kennst du ihn. Er wird dich nicht allein lassen mit all den Problemen. Er wird nicht verschwinden. Immerhin seid ihr seit zehn Jahren immer wieder zusammen und getrennt und wieder zusammen und so weiter.« Immer wenn Lisa anderen von ihrer Beziehung zu Miro erzählt, vergleicht sie diese mit der von Rachel und Ross aus »Friends«. »So hört es sich nicht so blöd an, wie es in Wirklichkeit ist«, denkt sie jedes Mal. »Eigentlich geht mir dieses ganze Hin und Her mit Miro ganz schön auf die Nerven.«

Es wird Abend und langsam beruhigt sie sich – und fängt tatsächlich an, sich zu freuen.

Sie ruft ihre Ärztin an, von der sie wegen der Migräne und der Müdigkeitszustände homöopathische Mittel bekommt. Es ist die einzige Ärztin, die sie nicht mit dem Rat:

»Trinken Sie viel Wasser und nehmen Sie ein Aspirin! Mehr kann man nicht machen« nach Hause schickt.

Die homöopathischen Kügelchen nahm sie zuerst fleißig, danach wurde es ihr aber sehr kompliziert, die verschiedenen Tütchen und Fläschchen auseinanderzuhalten und die Kügelchen zur rechten Zeit zu nehmen, deswegen steckt sie alles seitdem in die Schublade. Sie beruhigt sich mit dem Gedanken, dass die Kügelchen da sind und nur darauf warten, auf ihrer Zunge zerschmolzen zu werden. Die Gespräche mit der Ärztin tun ihr gut, deswegen lässt sie sich sozusagen homöopathisch behandeln. Sie greift zögernd zum Hörer und teilt der Ärztin die Neuigkeit, leicht verunsichert, mit. »Wunderbar! Sie wollen damit doch nicht warten, bis Sie vierzig Jahre alt sind, wenn es womöglich nicht mehr klappt?

Wenn es jetzt passiert ist, dann ist es super! Sie können das homöopathische Mittel, das ich Ihnen verschrieben habe, weiterhin nehmen«, fügt die Ärztin hinzu. Lisa denkt sich: »Stimmt schon, da hat sie Recht. Ich bin kein Mädchen mehr und die Zeit vergeht.«

Seitdem Lisa dreißig Jahre geworden ist, hat sie das Gefühl, dass eine innere Uhr anfing zu ticken. Die doofe Uhr tickt an manchen Tagen mit so einer Kraft, dass es Lisa scheint, sie ist bereits jetzt eine alte einsame Frau, die sich drei Katzen anschaffen wird, um nicht allein zu schlafen. Die Katzen fehlten noch, aber sie ist kurz davor, sich welche zu kaufen. Drei Jahre sind seit ihrem dreißigsten Geburtstag vergangen. Und seitdem hat sie einfach keine Lust mehr aufs Ausgehen. Früher war sie eine Partymaus und war ständig mit Freunden unterwegs. Seit drei Jahren verbringt sie ihre Wochenenden zu Hause, schaut sich lustige Serien an oder malt Comics. Die Comics sind ihre Lieblingsbeschäftigung, die sie niemandem verrät. Das sind nämlich erotische Comic-Geschichten. Sie entspannt dabei und schaltet vollkommen von all den Problemen ab. Früher hatte sie mehr Energie und Lust aufs Durch-die-Häuser-Ziehen. Jetzt nicht mehr. Die vollen Partys, die laute Musik, die unbekannten Männer, die entweder zu jung oder zu alt sind – die Männer in ihrem Alter sind alle auf wundersame Weise vergeben –, die kalten Nächte nach der Party, in denen man allein nach Hause fährt, völlig übermüdet, mit dem einzigen Gedanken. »Warum bin ich jetzt nicht in meinem warmen Bett? Verdammte Scheiße!« Nach der letzten Trennung von Miro versuchte es Lisa mit unbedeutenden Affären, meist mit jüngeren Männern, die keine Ahnung hatten, wie alt sie in Wirklichkeit ist. Das letzte Mal war es in der Wohnung von einem Jüngling, als es gerade zur Sache gehen sollte:

»Hör mal, du bist super nett und scheinst nicht wie die anderen zu sein, aber ... Ich will keine feste Beziehung haben. Wir können es einfach so machen. Du weißt schon. Du hast Spaß, ich habe Spaß.« Lisa suchte auch nicht wirklich nach einer festen Beziehung, zumindest nicht in dem Moment und mit diesem Mann, aber dieser Satz machte sie trotzdem krank. Sie fühlte sich ausgenutzt. Irgendwie. So viel Spaß hatte sie bei der Sache auch nicht. Sie ist einfach nicht der Typ dafür. Also ließ sie das. Sie sagte nur:

»Ach, weißt du, ich gehe einfach. Danke, dass du es mir gleich gesagt hast. Nett von dir. Machen nicht alle. Ach so, und so scharf bist du nun auch nicht.« Sie sammelte ihre Tasche und ging aus der Wohnung. Der junge Mann schrie hinter ihr:

»Hey! Was machst du da? Warum bist du überhaupt ge-kommen?!« Lisa hörte nicht mehr zu, sie knallte die Tür hinter sich zu und begab sich ein weiteres Mal in der dunklen kalten Nacht allein nach Hause. »Ich weiß selber nicht, warum ich gekommen bin. Ich bin eine doofe Kuh«, dachte sie verbittert. »Das wird sowieso das letzte Mal sein. Morgen schaue ich mir Katzen aus dem Tierheim an. Sie brauchen zumindest jemanden. Mit ihnen kann man sehr wohl eine längerfristige Beziehung aufbauen!« Sie war nur froh, dass sie keine Zeit für den Sex verschwendet hatte. Sonst hätte sie sich wegen der halben Stunde Mühe geärgert, mit Ausziehen und Pinkeln hinterher miteingeschlossen, was die meiste Zeit in Anspruch nimmt. Auf den Ü30- oder Ü40-Partys gibt es Männer, die zwar älter und vom ersten Blick reifer waren, aber da hat sie sich auch komisch gefühlt, wie auf einem Markt. Und sie war die Ware. Was ihr blieb, war die Einsamkeit. Sie machte sich Sorgen, dass sie für immer allein bleiben würde. Kinderlos und unglücklich. »Wie einsam kann man denn noch sein!? Ich kann die Einsamkeit förmlich schmecken wie eine sauer gewordene alte Suppe«, dachte sie. An diesem Abend, an dem sie weiß, dass sie schwanger ist, taucht ein neuer Gedanke in ihrem Kopf auf, der ein wohliges Gefühl in jeder Zelle ihres Körpers verbreitet: »Ich werde nicht allein bleiben. Ich werde ein Kind haben. Ich brauche nicht mehr verzweifelt nach irgendeinem Mann zu suchen. Ich und das Kind. Wir werden uns genug sein.« Am späten Abend ruft sie Miro an, der schon wieder eine Nachtschicht im Lebensmittellager schiebt.

»Machst du gerade Pause? Kannst du reden?«, fragt sie.

»Nein, mach keine Pause, aber egal, sag mal. Ich kann reden. Was ist los?«, erwidert er.

Lisa nimmt ihren ganzen Mut. Sie kann damit nicht warten, bis sie sich persönlich treffen. Sie muss es ihm jetzt sagen, koste es, was es wolle.

»Ich habe eine Neuigkeit. Und nur damit du es weißt, ich verlange absolut gar nichts von dir. Ok? Wenn du willst, machst du mit, wenn nicht, dann ist das deine Entscheidung.«

»Wobei?«, fragt Miro irritiert. »Hast du was getrunken, sag mal? Hab dir doch gesagt, du bist nicht mehr im Training mit dem Alkohol.«

»Nein!«, erwidert Lisa und poltert gleich los. »Ich bin schwanger!«

Eine Pause folgt. Und dann die für Lisa erleichternden Worte:

»Super! Das hast du dir doch gewünscht! Siehst du? War keine Absicht, aber egal. So sollte es passieren. Und damit du es weißt. Klar, bin ich dabei. Mein Baby! Das lasse ich mir doch nicht entgehen.« Mirc lacht etwas nervös ins Telefon.

»Gut, das freut mich«, atmet Lisa tief auf. »Wir müssen ja nicht zusammen kommen deswegen«, fügt sie hastig hinzu.

»Na klar, ja, müssen wir nicht«, erwidert er immer noch nervös. »Das wird schon. Ääähh, ich muss jetzt wieder arbeiten. Gehe du schlafen. Wir sprechen morgen.«

»Ok, mach's gut«, sagt Lisa und legt auf.

Ihren Eltern hat sie es auch am selben Abend am Telefon erzählt. Sie wohnen in Düsseldorf und somit weit entfernt von der Tochter in Berlin.

»Wir helfen dir, Kind, wir lassen dich nicht allein. Das ist eine tolle Neuigkeit! Dein Vater wird vor Freude ausflippen«, sagt ihre Mutter auf Russisch. Ihr Vater kam nach Deutschland als Russlanddeutscher und holte nach ein paar Jahren seine Frau und seine zwei kleinen Kinder nach. Lisa war damals drei Jahre alt und ihr Bruder Sascha sieben. Lisas richtiger Name ist Elisaveta. Er scheint ihr aber schon immer viel zu kompliziert für die anderen Menschen, deswegen sagt sie stets, sie hieße Lisa. Sie will es den Leuten leichter machen, genauso wie bei vielen anderen Sachen. Das ist quasi ihr unbewusstes Lebensmotto. Lisas Eltern konnten sich nie ganz integrieren. Sie sprachen relativ fehlerfrei Deutsch, hatten ihr ganzes Leben in Deutschland gewissenhaft und hart gearbeitet, zahlten ihre Steuern, bekamen ihre kleine Rente, fühlten sich trotzdem wie ein Fremdkörper in ihrem neuen Heimatland. Sie haben ein großes Ziel vor den Augen: Enkelkinder. Keine Enkelkinder zu haben, wäre für sie das

Schlimmste, was passieren könnte. Das wäre eine Katastrophe. Sascha ist zu einem unbändigen Abenteurer geworden, der mit seinen diversen Blogs als digitaler Nomade um die Welt fliegt, wobei er mit seinen ständigen Reiseberichten genug Kohle verdient, um weiter zu reisen. An Frau und Kinder denkt er aber in naher Zukunft nicht. Das ist zumindest das, was er immer seinen Eltern erzählt. Von Lisa war bislang ebenfalls nicht viel zu erwarten. Aber ihre Eltern wünschten sich so sehnlichst ein Enkelkind, sodass es ihnen egal war, ob Lisa mit Miro zusammen ist oder nicht.

»Miro wird sich nicht aus dem Staub machen, Elisavetka, ganz sicher. Er ist doch ein guter Junge«, sagt ihre Mutter aufmunternd. Lisa denkt nur: »Ja, ja, die Hoffnung stirbt zuletzt«. Lisa weiß, dass ihre Eltern Miro mögen, was für sie unerklärlich ist. Alle mögen Miro und denken, er sei so ein netter und umgänglicher Typ. »Von wegen!«, überlegt Lisa immer. »So eine Nervensäge wie Miro gibt es keine zweite auf der Welt!«

Lisa erinnert sich an das letzte Mal, als das Baby wohl entstanden ist. Am Abend zuvor war eine Schulfreundin bei ihr zu Besuch. Diese Freundin war in einer Phase, in der sie oft One-Night-Stands hatte. Den ganzen Tag und den ganzen Abend unterhielten sie sie sich über die erotischen Abenteuer ihrer Freundin. Ihre Erzählungen waren so schön detailliert, dass Lisa das Gefühl hatte, sie hätte sich den ganzen Tag erotische Filme angeschaut. Dabei waren sie in einem Sex-Shop und haben sich verschiedene erotische Spielzeuge gekauft, die Lisa zwar nie benutzen wird, da ist sie sich sicher, aber die Sachen sind irgendwie schön anzusehen in der Schublade mit der Unterwäsche. Am nächsten Morgen wachte sie mit so einer Lust auf Sex auf, dass sie geplatzt wäre, wenn sie nichts unternommen hätte. Schnell zog sie ihre Hausjogginghose und den erstbesten Hoodie, den sie im Schrank finden konnte, an und eilte zu Miro, der einen Block weiter in Moabit wohnt. Sie klingelte an der Tür. Er öffnete total verschlafen und schaute sie fragend an:

»Lisa? Was machst du hier so früh? Hast du auf die Uhr geguckt? Ist doch noch Nacht oder?«

»Nein, es ist nicht Nacht und ja, ich habe auf die Uhr geguckt. Es ist neun Uhr morgens und ja, es ist ein Sonntag«, informierte ihn Lisa lächelnd.

»Hab gestern die ganze Nacht geackert«, er stöhnte und gähnte müde vor sich hin.

Lisa fackelte nicht lange rum und fragte wie gewöhnlich:

»Hast du Bock?« Miro schaute sie etwas abwesend an und antwortete:

»Na gut, was soll's! Du weißt ganz genau, dass ich zu dir nie nein sagen kann«, seufzte er und ließ Lisa mit einem müden Lächeln in seine Ein-Zimmer-Bude spazieren. Lisa liebte es, dass Miro immer zur Verfügung steht. Meistens sucht sie ihn auf. Aber das ist ihr egal. Er ist der einzige Kerl, von dem sie sich nicht ausgenutzt fühlt. Schließlich will sie von ihm etwas und nicht umgekehrt. Ihm muss sie nichts beweisen, nichts vortäuschen. Er gibt ihr auch nicht das Gefühl, dass er ihr einen Gefallen tut oder dass er etwas Besonderes sei. Er freut sich immer, wenn sie vorbeikommt. Seine Freude zeigt er ganz natürlich wie ein Kind, das ein leckeres Eis schleckt. Es ist beiden scheißegal, ob ihre Beine rasiert sind oder, ob sie sich die Haare seit Tagen nicht gewaschen hat. Diese Vertrautheit ist bequem und praktisch. Der Energieverlust minimal, der Spaßfaktor maximal.

Sie ging rein und sah sich um. Klamotten überall zerstreut und der Teppich sah nicht gerade sauber aus.

»Wie sieht es denn bei dir aus? Normalerweise leckst du immer den Boden ab. Ist hier eine Bombe eingeschlagen, ohne dass du es gemerkt hast?«, schmunzelte Lisa. Miro ist nach Lisas Verständnis ein Sauberkeitsfreak, der vor allem auf den Boden fixiert ist. Sie denkt, dass das ein Kindheitstrauma ist. Wegen der ständigen Meckerei über Krümeln auf den Boden haben sie sich bereits einmal getrennt.

»Ich schufte seit sieben Tagen jeweils zehn bis zwölf Stunden«, war sein einziger Kommentar zu ihrer Bemerkung.

»Warum nimmst du dir nicht frei, Mensch? Du kannst doch nicht so weiter machen!«, rief Lisa besorgt.

»Ich muss die Schulden abbezahlen, du weißt doch.«

Miro hat eine Menge Probleme, für die Lisa stets eine Lösung zu finden versucht. Wenn er ihre Lösungen nicht akzeptiert, ärgert sie sich und fühlt sich hilflos. Miro seinerseits fühlt sich immer bevormundet und kontrolliert. Das ist der Grund für die endgültige Trennung. Miro ist ein Bulgare mit dunklen kurzen Haaren und großen dunkelblauen Augen, kein Frauenheldtyp im klassischen Sinne, aber trotzdem sympathisch und charmant. Als Lisa seinen verspielten, etwas schüchternen Blick auf einer Balkanparty auf sich spürte, tanzten ihre Hormone sofort Kazatschok. Ihr Gehirn fuhr herunter und jede Zelle ihres Körpers schrie: »Nimm ihn, nimm ihn!« Sie waren damals beide Studenten. Sie in BWL, er im Bauingenieurwesen. Sein Studium endete nach drei Jahren mit ein paar bestandenen Prüfungen. Dieser Beruf lag ihm nicht am Herzen und alles war schwierig für ihn. Ohne Nachhilfe, die er nicht bezahlen konnte, fiel er immer wieder durch. Außerdem musste er ständig nebenbei jobben, da blieb nicht so viel Zeit zum Pauken. Nach dem abgebrochenen Studium versuchte er, für diverse Firmen als Taxifahrer zu arbeiten. Das ging ein paar Jahre gut, aber mit der Zeit merkte er, dass sein Körper durch das ständige nächtliche Fahren ausleiert. Also ließ er die Taxifahrerei. Nach einigen Weiterbildungen und Praktika hatte er immer noch nicht das Seine gefunden, hatte jede Menge Schulden angesammelt und wusste nicht, was er mit seinem Leben anfangen soll. Nach Bulgarien zurück wollte er schon immer, doch seine Mutter war der Rente nah und ackerte von morgens bis abends in einer westlichen Lebensmittelkette. Sie war so stolz, dass Miro es in Deutschland angeblich geschafft hat, sich ein Leben aufzubauen. Er ließ sie in dem Glauben, er hätte sein Studium beendet und arbeite irgendwo als Ingenieur. Seine kleine Schwester ist auf einem deutschen Gymnasium und will unbedingt nach Deutschland wie ihr großer Bruder. Sein Vater ist vor langer Zeit nach Kanada ausgewandert und seitdem wissen sie nichts über ihn. Miros Lügerei machte ihn todunglücklich, aber er brachte es nicht über sich, alles zu erzählen. Deswegen war er nun da: in einer schäbigen Einzimmerwohnung, mit einem Knochenjob in einem Lebensmittellager. Getrennt von Lisa, seiner langjährigen Freundin.

»Warum bist du so plötzlich auf die Idee gekommen? Wir haben uns seit langer Zeit nicht mehr gesehen«, wunderte er sich.

»Frag mich nicht«, erwiderte Lisa und wedelte mit der Hand. »Die Hormone. Du weißt doch.« Sie warf sich auf ihn und küsste ihn stürmisch auf die Lippen. Er lachte herzhaft auf und beide fielen auf sein Bett.

»Komm du, ungezogener Rotschopf! Aber sag zuerst etwas auf Russisch! Du weißt, das törnt mich total an«, rief er amüsiert und fing an, sie auszuziehen.

»Ja ljublju blinchiki!«, erwiderte Lisa lachend. Das bedeutet so gut wie »Ich liebe Eierkuchen«.

»Oh yes, die Eierkuchen!«, sagte Miro und zog sich hastig selbst aus. Was darauf folgte, war hemmungsloser Sex, bei dem es weder für Lisa, noch für Miro darauf ankam, wie sie aussehen, ob sie gestern Zwiebeln gegessen haben, wie sie sich bei der Sache anstellen und was sie denken, ob sie gut sind oder nicht, ob sie dann zusammenbleiben oder nicht. Das alles war in dem Moment nicht wichtig. Lisa wollte nur eins: Befriedigung, eine hormonelle Explosion, der sie ein paar Male nahe war, aber noch nie so richtig erlebt hatte. Als sie an dem Tag mit diesem verzehrenden Wunsch aufwachte, dachte sie: »Es ist Zeit, dass du etwas für dich tust, einfach nur für dich.« Und das tat sie. Sie ließ sich schwängern und hatte dabei einen Orgasmus. Zum ersten Mal in ihrem Leben. Es war so, als würde jede Zelle ihres Körpers von einer unsichtbaren inneren Kraft gekitzelt und massiert zugleich. In ihrem Gehirn fand ein Feuerwerk statt, mit dem Silvester nicht zu vergleichen war.

»Oh mein Gott! Danke! Danke! Danke!«, schrie Lisa wie besessen. Anscheinend hatte Miro genauso viel Spaß, da Lisa nach einem langen Stöhnen von seiner Seite die beiden bekannten Worte hörte: »Ich komme!«

Sie war aber zu sehr mit sich selbst beschäftigt, also achtete sie nicht besonders darauf, wo und wie Miros Kommen stattfand. Später, als sie sich Essen beim Chinesen bestellten, und es genüsslich vor dem Fernseher weg mampften, fragte sie ihn:

»Sag mal, bist du draußen gekommen? Hast du es geschafft?«

»Ja, ja, war draußen«, erwiderte Miro zuversichtlich und aß seinen Eier-Reis weiter.

»Na ja, wenn nicht, ist es mir auch egal. Wenn was passiert ist, ist es passiert«, meinte Lisa.

»Bist du heute eigentlich gekommen?«, fragte Miro nach einer Weile und fügte verunsichert hinzu. »Ich meine, so richtig gekommen?«

»Was?«, sagte Lisa, den Mund voll mit Curry-Tofu, und sich verschluckend, als sie diese Frage hörte. Sie hustete ein paar Male, bis sie wieder sprechen konnte.

»Klar, bin ich gekommen, so wie immer!«, rief sie mit einer piepsigen Stimme und stopfte sich den Mund wieder voll, um keine weiteren Erklärungen geben zu müssen. Sie wollte das größte Geheimnis der meisten Frauen nicht preisgeben, nämlich dass sie nie oder fast nie einen Orgasmus haben.

Alle drei Tests zeigen es nun: Es war der beste Sex ihres Lebens, der ein neues Leben bringt.

Ganz offensichtlich war das Draußen-Kommen diesmal nicht so erfolgreich und ein kleiner Freund mit einem ordentlichen genetischen Gepäck auf dem Rücken war schneller als die anderen, schießt es Lisa durch den Kopf und sie begreift, dass es unbewusst ihr eigener Wunsch war, schwanger zu werden.

Die ersten drei Monate oder
wie sich Spiderman fühlt

Am Tag nach dem positiven Test wacht Lisa auf und ein einziger Gedanke durchbohrt ihr Gehirn: »O mein Gott, ich bin schwanger! Ich muss mich über alles informieren! Hab keinen blassen Schimmer von all diesen Babysachen!« Sie trinkt keinen Kaffee, frühstückt aber ordentlich mit einer Tasse grünen Tee, von dem sie sich den gleichen Effekt wie vom Kaffee erhofft. Ist aber nicht so. Ihr Blutdruck ist immer noch im Keller. Normalerweise fährt sie zur Arbeit mit dem Fahrrad durch den Park. An diesem Morgen steht sie vor dem Fahrrad draußen und überlegt: »Soll ich jetzt wirklich darauf steigen? Und wenn was passiert? Ich trage schließlich ein Baby in mir! Wenn ich falle?! Ne, ich laufe lieber.« Gedacht, getan, Lisa nimmt ihren einfachen MP3-Player aus dem Rucksack und setzt sich die altmodischen überdimensionalen Kopfhörer auf. Mit Musik auf den Ohren latscht sie anderthalb Kilometer zur Arbeit. Ab diesem Tag macht sie das acht Monate lang, bis zu ihrem Mutterschutz. Ohne in Ratgebern und Internetblogs herumgewühlt zu haben, betreibt sie die beste, einfachste und billigste Geburtsvorbereitung: Laufen.

Auf der Arbeit angekommen, ist ihr Blutdruck einigermaßen in Gang. Und das Gehirn auch. Während sie läuft, inspiriert durch die Musik, stellt sie sich Geschichten zu ihren erotisch-romantischen Comics vor. »Das ist der beste Moment meines Arbeitstages«, denkt sie jedes Mal während ihrer ganzen Schwangerschaft, wenn sie zur Arbeit spaziert. Auf dem Rückweg ist ihr Kopf bereits voll mit Problemen, deswegen kann sie nach der Arbeit nicht so gut entspannen, doch das Gehen hilft ihr trotzdem abzuschalten. Die Glückshormone schießen förmlich in alle Richtungen ihres Körpers. Im Büro angekommen, verschlechtert sich ihre Laune wie so oft augenblicklich. Sie tritt ins Büro rein und merkt sofort, dass sich ihre beiden Kolleginnen gestritten haben. So was spürt sie schon immer, was die anderen denken, ob sie verärgert oder gut gelaunt sind, ob sie ineinander verknallt sind oder sich langweilig oder gar abstoßend finden. Sie kann die dicke Luft im Raum quasi riechen. »Scheiße! Sie haben sich schon wieder in die Haare gekriegt!«, denkt sie. »Jetzt muss ich diese schlechte Energie den ganzen Tag aushalten! Und beiden zuhören, wenn sie sich über die andere beschweren!«

Mit den beiden Kolleginnen versteht sie sich gut, doch trotzdem fühlt sie sich jeden Tag nach der Arbeit ausgelaugt und mies drauf, als hätte man ihre Nervenzellen angezapft. Petra, die ältere Kollegin, hat ein perfektes Bilderbuchleben mit ihrem Mann und ihren zwei Söhnen in einem schönen Haus irgendwo in der Nähe von Potsdam – einer gutbürgerlichen Gegend, in der vor allem wohlhabende Menschen leben. Sie weiß normalerweise über alles Bescheid und wenn nicht, dann weiß es ihr Mann, der genauso wie ihr innerer Kritiker die Weisheit mit Löffeln gegessen hat. So ein Gefühl hat zumindest Lisa, wenn sie Petra erzählen hört:

»Holger, meinte dazu, das muss man so und so machen …«

»Holger sagte, unbedingt von das und das die Finger lassen ...«

»Holger dies, Holger jenes ...«, denkt Lisa manchmal. »Hast du keine eigene Meinung?«, fragt sich Lisa oft, spricht es aber nie laut aus.

Milena, die andere Kollegin, etwas jünger als Lisa, Halbbulgarin, Halbdeutsche, war Lisa auf Anhieb sympathisch. Schon nur deswegen, weil sie Halbbulgarin ist, ihr Vater ist Bulgare. Dadurch, dass Lisas Ex ebenfalls Bulgare ist, haben sie bereits ein gemeinsames Thema: Bulgarien und dazu noch die Männer. Milena ist das Gegenteil von Petra und deshalb für Lisa ziemlich erfrischend: Single, alkoholtrinkend und Spätaufsteherin. Das reicht schon. Sie zogen oft um die Häuser zusammen. Irgendwann wurde es Lisa jedoch zu oft. Milena wollte jede Woche irgendwohin ausgehen, manchmal sogar zweimal. Clubs, Afterworkpartys, irgendwelche Dating-Veranstaltungen. Lisa hatte oft Spaß und bildete sich ein, sie wären wie die Frauen aus »Sex and the City«. Ungezwungen und frei. Doch das waren sie nicht. Lisa merkte schnell, dass Milena schlecht gelaunt war, jedes Mal, wenn sie keinen Mann kennenlernte, wenn es eben keinen guten Fang gab. Lisa hingegen war es egal, ob sie an einem Abend mit jemandem flirtete oder nicht, ob sie jemandem ihre Telefonnummer gab oder nicht. Hauptsache sie hat sich amüsiert, sei es mit guter Musik, einer leckeren Pizza mit Tiramisu danach, einem MeiTei oder einfach mit einer guten Unterhaltung auf einer Parkbank mit dem dazugehörigen Fläschchen Bier in der Hand. Milenas schlechte Laune machte Lisa zu schaffen und sie fühlte sich sofort dafür verantwortlich, dass Milena bei jedem Ausgehen jemanden an die Angel kriegt. Milena war eine bildschöne Frau mit langen dunklen Haaren, schöner Figur und Modelgesicht. Deswegen waren die Männer normalerweise begeistert von ihr. Lisa hingegen war eher klein, dünn, mit rötlichen welligen Haaren, die nie die richtige Form einnahmen, mit Sommersprossen überall im Gesicht und einem breiten Lächeln, das nur die speziellen Männer zum Schmelzen brachte, nämlich die sensiblen Typen. Für sich selbst bemühte sich Lisa nicht so sehr wie für ihre Freundin. Wie ein echter Cupidon schaute sie sich sofort um, wenn sie irgendwohin ankamen, um die passende Partie für Milena zu finden und *ihn* irgendwie dazu zu bringen, mit ihr zu flirten. Abgesehen davon, dass es oft in die Hose ging, weil die Männer dachten, Lisa selbst ist an ihnen interessiert, verlor das ganze Ausgehen für Lisa die Entspanntheit, die sie so dringend brauchte. Lisa wurde es irgendwann zu viel. Sie dachte sich immer wieder Ausreden aus, um mit Milena nicht mehr auszugehen. Milena ihrerseits meinte, Lisa hätte keine Lust mehr, mit ihr um die Häuser zu ziehen. Das Ganze machte das Klima im Büro nicht gerade rosig. Dazu kamen noch die ständigen Streitereien mit Petra, die Milena immer wieder vorwarf, sie hätte Fehler bei den Rechnungen gemacht. Lisa versuchte ständig, die beiden zu versöhnen, aber es gelang ihr nicht und sie fühlte sich einfach am Boden zerstört, obwohl es nicht ihr Problem war.

»Guten Morgen!«, ruft Lisa aufgesetzt heiter in die Runde und bekommt nur ein mürrisches »Morgen« von beiden Seiten. »Diesmal ist es mir wirklich scheiß egal, was für ein Problem ihr habt«, denkt sie. »Ich habe nämlich auch eins und es sitzt gerade in meinem Unterleib.« Sie setzt sich an ihren Tisch und öffnet nicht gleich ihr Postfach, wie sie es immer tut, sondern öffnet den Browser und begibt sich auf eine wilde Internetrecherche, was sie überhaupt essen und trinken darf. Der Abgrund an Informationen, Regeln, Verboten, Gefahren, To-Do-Listen, Einkaufslisten, Vorbereitungslisten zieht sie immer tiefer in ihren Sog. Ihr Gehirn arbeitet auf Hochtouren und ihr Adrenalin schießt in die Höhe. Den ganzen Vormittag öffnet sie ihr Postfach nicht und reagiert auch nicht auf Anrufe. Als der Vorgesetzte vorbeikommt, um nach dem Status von irgendeiner seiner Meinung nach super wichtigen Aufgabe zu fragen, ist sie unkonzentriert und ertappt sich dabei, wie sie sich ständig an den Bauch fasst und sich vorstellt, dass sich gerade jetzt das kleine Wesen umdreht.

»Meine Bitte, Frau Walschewskaja, erledigen Sie die Aufgabe bis – sagen wir mal – morgen. Die Leute drängeln schon«, ordnet ihr Vorgesetzter schließlich an.

Lisa nickt nur mit einem abwesenden Blick und wendet sich wieder ihrem Bildschirm zu, um weiter nach »Baby« und »schwanger« zu recherchieren. »Von wegen morgen! Das ist eine Aufgabe für zwei Tage!«, denkt sie. »Na, wenn er wüsste, was mit mir los ist ...«

Ein paar Tage lang hört Lisa nichts von Miro. Langsam ist sie sich sicher, dass er kein Interesse hat, weder an ihr, noch an ihrem gemeinsamen Baby. Nach einer Woche kommt er vorbei und bringt Sushi mit. Er steht an der Tür und lächelt Lisa an.

»Sushi ohne Lachs, dafür aber mit Avocado! So, wie du

es magst! Sowieso bist du schwanger! Da darfst du nichts Rohes im Sinne von Fleisch und Fisch essen! Als meine Mutter mit meiner Schwester schwanger war, hat sie sehr darauf geachtet. Nicht mal Salami kam auf den Tisch. Das waren harte Zeiten, sage ich dir«, ruft er. Sie starrt ihn an und steht vor ihm wie angenagelt. Eine halbe Stunde zuvor hat sie sich eine selbstgemachte Packung aus Knoblauch, Mayonnaise und Aloegel aus frischen Blättern in die Haare geschmiert.

»Ich dachte, du bist schwanger! So was brauchst du nun nicht mehr. Deine Haare werden sowieso schön aussehen!«, lacht Miro und tritt in ihre Wohnung ein, ohne auf eine Einladung zu warten.

»Ähh, danke für das Kompliment, falls es eines war«, murmelt Lisa und fügt hinzu: »Ich wasche es lieber ab.« Sie begibt sich ins Badezimmer. Währenddessen öffnet Miro den Beutel mit dem Essen und holt Teller aus dem Küchenschrank.

Lisa freut sich darüber, dass Miro da ist. Sie ist irgendwie erleichtert. »Ich wusste, dass er der Sache nicht gleichgültig bleibt!«, überlegt sie.

Sie fangen an zu essen in Lisas kleiner Küche an dem klappbaren Tisch. Dabei sprechen sie über dies und jenes. Als sie mit dem Essen fast fertig sind, schaut Miro Lisa etwas nervös an und sagt:

»Lisa, weißt du … Ich … wollte dir sagen, etwas sagen …«, Miro stammelt und traut sich nicht, weiter zu reden.

»Was denn?«, fragt Lisa erstaunt.

»Ich fahre demnächst für drei Monate nach Bulgarien!«, poltert Miro los. »Ich hatte es schon längst geplant, hab es dir nicht gesagt, weil ... Na du weißt schon, wir sind ja nicht zusammen und brauchen uns nicht jeden Scheiß zu erzählen ...« Miro sieht dabei verlegen aus. Durch Lisas Kopf geht ein einziger Gedanke: Miro hat jemanden in Bulgarien. Sie kennt ihn nur zu gut und fühlt sofort, was los ist.

»Du fährst da nicht einfach so hin, stimmt's?«

»Ähh, ja ... Ich will sehen, ob ich dort Fuß fasse ...«

»Nur das? Fuß fassen?«, hakt Lisa ungeduldig nach.

»Warum arbeitest du nicht bei der Polizei?«, lächelt Miro immer noch nervös und schaut zu seinem leeren Teller. Dann sagt er ganz leise:

»Ich habe dort eine Beziehung, seit einer Weile ...«

Lisas Augen füllen sich mit Tränen. Miro fährt fort:

»Du wusstest, dass ich hier nicht bleiben will! Du wusstest, dass ich es hier nicht mehr aushalte. Und du wolltest nie wegziehen!«

»Ach, jetzt bin ich die Schuldige, wie immer!«, ruft Lisa wütend und traurig zugleich.

»Ich war doch nie gut genug, Lisa! Du wolltest mich immer verändern, mich verbessern! Immer musste ich deinen Ratschlägen zuhören und alles erfüllen, obwohl ich keinen Bock hatte!«, sagt Miro erbittert. »Du warst nie zufrieden! Du mit deinem perfekten Einwandererleben! Mit deinem perfekten Deutsch und deinem langweiligen Bürojob, den du scheiße findest. Aber traust dich nicht, irgendwas anderes zu machen! Es war doch viel entspannter, als du nur Sex von mir wolltest!«

»Bam! Das hat gesessen!«, sagt unerbittlich der weise Löffler in Lisas Kopf.

Sie fängt an zu weinen.

»Warst du denn nie glücklich mit mir?«, schluchzt sie.

Miro nähert sich ihr mit Reue in den Augen und schiebt seinen wackeligen, klappbaren Stuhl neben ihren Stuhl. Er setzt sich neben sie und legt seinen Arm um ihre Schulter.

»Natürlich war ich glücklich mit dir! Was denkst du denn? Ich kann alles sein, ein Faulpelz, Taugenichts, … Sexbombe.« Lisa schaut ihn amüsiert an und wischt sich die Tränen ab.

»Sexbombe?!«

»Ja, wieso denn? Sag jetzt nichts!«, erwidert Miro lächelnd und setzt fort: »Aber ein Masochist bin ich nicht. Ich war gern mit dir zusammen und war glücklich, natürlich! Ich wollte dich nicht kränken! Es ist aber so, dass sich Berlin sehr verändert hat. Als ich kam und wir jung waren, war es anders. Alles war anders. Die Stadt ist größer, lauter und unfreundlicher geworden. Überall Baustellen, überall Schlangen, überall Staus, überall gestresste Menschen, Lärm ohne Ende … Du musst sogar zum Pinkeln an der Tankstelle anstehen! Ich werde trotzdem für dich und das Kind da sein. Versprochen. Ihr werdet mich besuchen, wenn ich in Bulgarien lebe. Das ist ja quasi um die Ecke. Zwei Stunden mit dem Flugzeug. Ich werde dir Geld schicken, keine Sorge.«

»Ich brauche dein Geld nicht!«, ruft Lisa und wendet sich zur anderen Seite. Dabei zieht sie sich von seinem Arm zurück.

Miro seufzt und presst die Kiefermuskeln aneinander:

»Ich fahre erstmal nur für drei Monate. Ich sehe nachher, was ich machen werde.«

»Ist doch klar, was du machen wirst. Außerdem ist es egal. Sicherlich fühlst du dich bei dieser anderen Frau wie ein Held. Sicher gibt sie dir das Gefühl, dass du stark und männlich bist, nicht wahr?«, sagt Lisa und schaut Miro erwartungsvoll an.

Miro steht verärgert auf:

»Sie ist eine Schulfreundin, okay! Und ja, sie gibt mir zumindest das Gefühl, dass sie mich braucht. Sie hat kein Geld und lebt mit ihrem Kind bei ihrem Vater, der nicht gerade sanft mit den beiden umgeht!«

»Na wenn es so ist, dann habe ich natürlich volles Verständnis für dich, sie und ihr Kind! Du hättest bloß daran denken sollen, als du mit mir Sex hattest!«, schreit Lisa. Die Tränen kann sie nicht mehr stoppen, sie rollen einfach so aus ihren Augen wie zwei Bächlein.

»Ich weiß, dass ich ein Arsch bin ... Das alles war ein Fehler«, Miro fährt mit der Hand durch seine Haare und es sieht so aus, als würde er sie ausreißen wollen. »Ich glaube, es hat keinen Sinn ...«, flüstert er, geht zur Tür und zieht seine Jacke an.

»Nein, warte!«, ruft Lisa und wischt sich erneut die Tränen ab. »Ich will mich nicht streiten. Ich habe keinen Bock mehr auf diese Diskussionen! Du hättest mir das alles früher sagen sollen, aber wenn du es getan hättest, wäre ich jetzt nicht schwanger! Ich bin froh, dass ich ein Kind bekomme. Alles andere ist mir egal. Bleib heute bei mir! Ich will nichts, einfach nur Gesellschaft. Ich will nicht allein bleiben. Egal, wie stark ich bin, ich brauche auch jemanden, manchmal zumindest.«

Miro zieht seine Jacke wieder aus, nähert sich Lisa und umarmt sie. Sie fängt an, wieder zu schluchzen und wischt verzweifelt ihre herunterrollenden Tränen ab.

»Bitte sag ihr nichts von mir und dem Baby, okay?«

»Warum?«, fragt Miro erstaunt. »Irgendwann muss ich es sagen.«

»Irgendwann, aber nicht jetzt. Ich habe Angst vor schwarzer Magie, vor negativer Energie und Voodoo-Puppen. Du weißt schon, ich bin sehr abergläubisch«, sagt Lisa leise.

»Was? Du bist nicht abergläubisch, du bist einfach verrückt«, lacht er.

»Ich weiß. Versprich es einfach, sag: Indianerwort!«

»Okay, Indianerwort!« Miro zieht seine Augenbrauen besorgt zusammen und Lisa spürt so wie immer, was in ihm vorgeht: »In was für ein Schlammassel bin ich hineingeritten? Wie komme ich hier wieder raus?«, denkt er.

»Und nur damit du Bescheid weißt, ich wollte dich nie verändern! Ich wollte dir einfach nur helfen, aber es war anscheinend zu viel des Guten für dich«, sagt sie.

»Ist doch egal, Lisa. Fakt ist, wir streiten uns. Und wenn wir uns ohne Kind nicht verstehen, stell dir vor, wie es mit einem Kind wird! Eine Katastrophe! Wenn du ein Problem hast, ich meine in diesen drei Monaten, dann ruf mich an. Und ich nehme den nächsten Flieger und bin bei dir, okay?«, versichert er ihr.

»Alles klar, ich schreibe dir jeden Morgen, wie viele Male ich gekotzt habe und warte auf dich, dass du mir saure Gurken aus Bulgarien mitbringst«, erwidert sie todernst. Er lacht auf und streichelt ihre immer noch halbnassen krausen Haare. Sie fügt hinzu: »Ich habe einfach Angst, Miro, das ist alles. Ich habe Angst, wie es mit einem Baby, mit einem Kind wird. Und es wäre für mich schön, wenn du zumindest zwei Blocks weiter wohnen würdest und nicht in einem anderen Land.«

»Du schaffst das, und ich werde dir helfen. Ihr werdet mich nicht so einfach los!«

An diesem Abend haben sie keinen Sex, sie schauen sich so wie immer eine Serie im Internet an und schlafen danach zusammen ein. Mehr braucht Lisa jetzt nicht. Zwei Wochen danach fährt Miro nach Bulgarien und Lisa sieht ihn bis zum Frühling nicht mehr. Sie ruft ihn nie an, doch er meldet sich jede Woche.

Petras ständigen Belehrungen im Büro gehen Lisa schon immer ziemlich auf die Nerven, doch sie widerspricht nie und hört sich alle gutgemeinten Ratschläge von Petra geduldig an.

»Du hast fast keinen Akzent, Lisa, aber darf ich dir einen Rat geben?«, pflegt sie oft zu sagen. »Das ›fast‹ kannst du dir sparen«, fällt Lisa ein. »Bin schließlich hier aufgewachsen und rede akzentfrei Deutsch.« Aber das sagt sie nicht und nickt nur mit dem Kopf, um den nächsten Rat zu hören. Petra sagt:

»Wenn du mit den Leuten redest, musst du lauter sprechen. Du hörst dich sonst ziemlich unsicher an, wie ein Mäuschen, und somit kommst du inkompetent rüber.«

Lisa seufzt:

»Ja, du hast Recht« und meint es auch so. Sie ärgert sich oft über sich selbst, dass sie Everybody's Darling spielt und auf der Arbeit dadurch nicht durchsetzungsfähig genug ist. Deshalb sitzt sie an derselben Stelle in der Haushaltsabteilung seit Jahren, obwohl sie ein BWL-Studium hat und somit eine höhere Ausbildungsstufe hat als ihr direkter Vorgesetzter.

Petra, Milena und Lisa trinken oft Kaffee zusammen, obwohl sich Petra und Milena ständig streiten. Die Kaffeepausen dauern manchmal länger als eine Stunde, was zu Lisas innerem Stress beiträgt. Einerseits will sie nicht unhöflich sein und die sogenannte nette Atmosphäre ruinieren, andererseits macht sie sich Sorgen, dass sie ihre Aufgaben nicht schafft, all das was sie sich für den Tag vorgenommen hat. Und das ist nie wenig! Lisa will immer mehr schaffen, als es realistisch wäre. Normalerweise macht Lisa den Kaffee. Doch seitdem sie weiß, dass sie schwanger ist, versucht sie, so wenig Kaffee wie möglich zu trinken und bereitet ihn nicht zu. Dadurch fallen die Kaffeepausen stillschweigend ins Nirvana.

»Was ist los mit dir? Seit ein paar Tagen trinkst du keinen Kaffee mehr?«, fragt sie die ältere Kollegin. Eigentlich meint sie: »Seit ein paar Tagen kochst du uns keinen Kaffee mehr!«

»Die Homöopathin meint, ich muss den Kaffee reduzieren. Das wirkt wie ein Boomerang für mich. In dem Moment des Trinkens fühle ich mich besser, aber danach umso schlechter«, die Erklärung fiel ihr spontan ein. Dabei ist sie nicht mal gelogen. Die Homöopathin hat ihr das tatsächlich so erklärt.

»Aha!«, meint Petra nur und hebt kritisch die Augenbrauen. »Na wenn du dieser ganzen Homöopathie Glauben schenkst … Holgers bester Freund ist Arzt und er sagt immer, die Homöopathie ist Schwachsinn!« Milena sieht auch enttäuscht aus. Lisa erwidert nichts mehr auf Petras Bemerkung.

»Na wie sieht es aus, Milena?«, wendet sich Petra zur anderen Kollegin. »Machen wir trotzdem Kaffeepause?« Milena starrt sie ein paar Sekunden an und sagt:

»Ne, lass mal. Ich trinke meinen sowieso immer morgens nach dem Aufstehen.«

Der weise Löffler meldet sich sofort: »Bam, das hat gesessen! Deine Kollegin schafft es einfach so, die Kaffeepause abzuschaffen und du machst Tag für Tag Kaffee und hältst Unterhaltungen, für die du nicht bezahlt wirst!«, meint er, nimmt in Lisas Kopf aus einem Glas mehr Weisheit mit seinem Zauberlöffel und isst sie genüsslich. »Ja, ja, du kannst mich mal!«, erwidert Lisa gedanklich zu ihm.

Petra murmelt nur mürrisch:

»Na, wenn es so ist, dann eben nicht! Mir doch egal.«

Lisas neue gesunde Lebensweise gefällt niemandem. »Zumindest muss ich jetzt nicht jeden Tag mit den beiden sitzen und über irgendwelche Dinge quatschen, die mich gar nicht interessieren. Dieser ganze Smalltalk macht mich fertig«, überlegt Lisa. »Wieso habe ich das nicht früher gemacht?«

»Weil du dich immer nur um die anderen scherst!«, antwortet der unermüdliche weise Löffler und wackelt mit seinem Kopf, an dem sich der lange weiße Bart und die genauso langen weißen Haare leicht hin und her bewegen.

Ein paar Wochen vergehen wie im Traum. Lisa freut sich immer mehr darüber, dass sie ein Kind bekommt. Nachts kann sie vor Aufregung lange nicht einschlafen. Der erste Termin bei der Frauenärztin rückt näher. Lisa kann es kaum abwarten. Sie sitzt im Wartezimmer und durchforstet die Zeitschriften für Schwangere. Sie wundert sich immer noch über die Unmengen von Hinweisen, die man beachten muss. Diese Infos nicht zu beachten, kommt für Lisa nicht in Frage. Sie hat das Gefühl, dass ihr Kopf ab und zu Dampf in die

Atmosphäre stößt, seit sie weiß, dass sie schwanger ist. Es ist einfach zu viel an Regeln, Auskünften und Aufgaben. Als sie ihren Namen hört, springt sie förmlich auf und geht ins Zimmer der Ärztin. Ihr Herz klopft wild wie bei einer mündlichen Prüfung. Die Ärztin ist eine nette ältere Frau mit einer sanften leisen Redeweise. Schon ihre Stimme beruhigt Lisa und versetzt sie in einen entspannten Zustand, so als würde ihr die Ärztin eine Gehirnmassage verpassen und nicht in ihre Scheide schauen. Als die Kontrolle losgeht, fragt Lisa die Ärztin gleich nach der Sache mit dem Kaffee.

»Ein bisschen Kaffee am Tag ist nicht schlimm. Man sollte natürlich nicht übertreiben wie mit allen Sachen«, sagt die Ärztin lächelnd.

»Gott sei Dank!«, ruft Lisa fast. Sie hält es nicht aus und trinkt morgens Kaffee mit viel Milch, sodass sie kein schlechtes Gewissen hat. »Schließlich hat die Milch viel Kalzium, das ist doch gut oder?«, fragt sie den weisen Löffler. Er antwortet sofort: »Kaffee ist aber trotzdem dabei.« Lisa ärgert sich über sich selbst: »Willst du, dass ich irgendwie funktioniere oder nicht? Weißt du was? Ich höre dir einfach nicht zu!«, sagt Lisa zum weisen Löffler trotzig wie ein kleines beleidigtes Kind. Der Löffler wedelt mit seinem Löffel und murrt vor sich hin: »Kaffee ist trotzdem dabei und dein Baby trinkt mit.« – »Halt die Klappe! Manchmal kann ich dich einfach nicht ausstehen!« Lisa führt diese inneren Dialoge ziemlich oft und denkt manchmal, dass sie wirklich verrückt ist.

»Ich muss jetzt keinen totalen Entzug machen und werde mich nicht wie ein Zombie durch die Gegend schleppen«, sagt sie zur Ärztin, die daraufhin amüsiert schmunzelt:

»Nein, das müssen Sie tatsächlich nicht!«

Sie untersucht Lisa per Ultraschall durch den Scheideneingang und sieht das Baby offenbar schon.

»Sehen Sie es?«

Lisa starrt auf den Bildschirm und egal, wie sehr sie sich bemüht, sie kann nichts erkennen.

»Ich bin jetzt keine schlechte Mutter, wenn ich nichts sehe, oder? Ich komme mir wie Rachel aus ›Friends‹ vor, sagt sie ganz ernst.

Die Ärztin lacht wieder:

»Sie sind keine schlechte, aber eine lustige Mutter mit Sicherheit. Hier – sie deutet mit dem Finger auf einen pulsierenden Punkt – das ist ihr Baby, Herzschlag ist da, alles ist gut, so wie es sein soll.«

Lisa beobachtet diesen pulsierenden Punkt und kann es nicht glauben. In ihr drin ist so ein kleiner Punkt, der zu einem Baby wird. »Ich passe auf dich auf, Kleines, du wirst schön wachsen und ich werde immer für dich da sein«, denkt sie gerührt, wobei ihre Augen feucht vor Rührung werden. Sie beeilt sich, sie mit dem Ärmel abzuwischen.

Lisa erledigt ihre Aufgaben auf der Arbeit, aber so richtig dabei ist sie nicht. Sie malt sich immer wieder aus, wie es denn mit einem Baby sein wird. Sie kann es einfach nicht fassen, dass da drin in ihrem Bauch ein neues Leben wächst. Die Vorstellung ist so unglaublich, dass sie immer wieder ihren Bauch berührt, als würde sie jetzt schon das kleine Wesen fühlen. Doch sie fühlt noch nichts, darum erscheint es ihr so unglaublich. Die Schlafprobleme verschlimmern sich. Alle zwei Stunden wacht sie auf und wälzt sich von der einen Seite auf die andere.

Die Ärztin rät ihr, drei Monate mit der Ankündigung der Schwangerschaft abzuwarten, aber Lisa kann es einfach nicht. Sie weiß, dass sie keine Schuldgefühle zu haben braucht. Schließlich ist sie auf der Stelle bereits fünf Jahre und es ist ihr gutes Recht, schwanger zu werden. Abgesehen davon, dass, wenn sie auch nur einen Monat dabei wäre, es trotzdem ihr gutes Recht wäre, schwanger zu werden. Dennoch malt sie sich ständig aus, wie wohl der Vorgesetzte und die anderen das hinnehmen würden. Manchmal genießt sie den Gedanken, wie sie dem Chef sagen würde: »Ich bin schwanger und verschwinde hier für eine Weile.« Wie gut sich das anfühlt, wenn sie sich das erstaunte Gesicht ihres Chefs vorstellt. Niemand erwartet von ihr eine Schwangerschaft. Sie ist nicht verheiratet, hat keine feste Beziehung. Als sie das zuerst ihren Kolleginnen sagt, steigen wieder Schuldgefühle in ihr hoch. Sie ist jetzt weg und kann nicht mehr schuften. Für ihre Stelle müssen sie für ein Jahr jemanden suchen.

Milena blinzelt nur und sagt kein Wort. Sie ist offensichtlich schockiert. Ihre Ausgehpartnerin steigt nun endgültig aus. Petra kommt schneller zur Sache:

»Oh, echt? Und? Wirst du es behalten?«

Lisa ist etwas verwirrt von so einer Frage. Als würde man sie nach einer Herz-OP fragen: Und? Wirst du das Herz behalten?

»Ja, klar«, antwortet sie, traut sich aber ihre Entrüstung über die Frage nicht zu zeigen.

»Und? Wer ist der Vater?«, folgt die zweite dieser ach so angenehmen Fragen. Lisa wird in diesem Moment klar, dass ihr diese Frage nun öfter gestellt werden wird.

»Miro. Wir haben es nicht geplant, aber gewünscht ist es schon«, versucht sich Lisa zu rechtfertigen. »Warum muss ich hier Erklärungen abgeben? Das ist meine Sache, mit wem ich geschlafen habe und wer der Samenspender ist«, denkt Lisa, sagt es aber wie immer nicht laut.

»Seid ihr wieder zusammen?«, folgt die dritte Frage, die Lisa nun wirklich auf die Nerven geht. Doch sie antwortet weiter geduldig und erklärt sich:

»Hm, ne, sind wir nicht. Er bringt sich ein und ich ...«

»Du machst den ganzen Job, schon klar«, grinst die Kollegin süffisant.

»Ach, halt einfach die Klappe«, erwidert Lisa nur in ihrem Kopf. Sie ist froh, dass das Telefon in diesem Moment klingelt und sie sofort rangeht, um die lästigen Fragen nicht mehr beantworten zu müssen. Ein paar Tage später verkündet Lisa die große Neuigkeit auch ihrem Chef. Sie weiß, dass Petra und Milena es nicht lange aushalten würden und es rumerzählen würden. Also beeilt sie sich, den Vorgesetzten als Erste darüber zu informieren. Sie ist nervös und weiß nicht warum. »Ist doch mein Recht, schwanger zu werden, ein Kind zu bekommen! Warum muss ich wie ein Herbstblatt zittern und mich nicht trauen?«, denkt sie. Trotzdem hat sie feuchte Hände und trockene Lippen. Sie geht zu ihrem Vorgesetzten ins Büro und sagt:

»Äh, Herr Wrangler, ich muss Ihnen etwas sagen. Haben Sie ein Moment Zeit?«

»Eigentlich nicht, Frau Walshewskaja, wirklich nur einen Moment, da ich in fünf Minuten einen wichtigen Termin beim Direktor habe«, erwidert der Chef mit einer angespannten Miene, die nicht gerade zum Gespräch einlädt. »Ja, klar, wie immer beschäftigt und keine Zeit für die Mitarbeiter haben. Die wichtigen Termine haben kein Ende«, denkt Lisa. Anschließend sagt sie schnell und ohne viele Umschweife:

»Ich wollte Ihnen nur mitteilen, dass ich ein Kind bekomme!«

Der Chef ist sichtlich schockiert. Wenn er in diesem Moment nicht sitzen würde, würde er sich mit Sicherheit hinsetzen wollen. Er sieht aus, als hätte er nun die ganze Zeit der Welt und keinen Termin in fünf Minuten. Lisa beobachtet, wie er ein paar Male schluckt, die Augenbrauen zuerst nach oben hebt und dann zusammenzieht, als hätte ihm jemand einen Schlag mit einem feuchten Lappen ins Gesicht verpasst. Er ist aber einer von denen, die sich gut beherrschen und viel reden können.

»Glückwunsch!«, ruft er übertrieben fröhlich aus. Lisa merkt trotzdem sofort, dass sich seine Freude in Grenzen hält. »Die Floskeln kannst du dir sparen«, denkt sie.

»Danke«, erwidert sie. Zumindest ist sie erleichtert, dass es nun raus ist. »Es sind noch nicht drei Monate vorbei, deswegen bitte ich Sie, die Neuigkeit für sich zu behalten. Ich wollte es Ihnen so früh wie möglich sagen, damit Sie genug Zeit haben, alles zu organisieren. Die Ausschreibungen dauern ja immer so lange.«

»Ja, das stimmt«, murmelt er und runzelt die Stirn. »Und wie lange möchten Sie Elternzeit machen?«, fragt Herr Wrangler sofort. Das interessiert jeden Chef zuerst. Ist doch klar.

»Ein Jahr, denke ich ...« Lisa hat noch nicht so richtig darüber nachgedacht, aber sie stellt sich nicht vor, dass sie länger als ein Jahr von dieser ganz wichtigen Arbeit fehlen würde. Alle machen das so. Alle gehen nach einem Jahr wieder zur Arbeit. »Ja, ein Jahr. Danach Kita oder so was …« In Wirklichkeit hat sie keine Ahnung.

»Und Sie machen dann wieder Vollzeit, nicht wahr?«, fragt Herr Wrangler mit einer gewissen Erwartung in der Stimme.

»Ja, ich denke schon«, erwidert Lisa unsicher.

Der Chef lächelt zufrieden. Eine gute Mitarbeiterin denkt zuerst an die Arbeit und nicht an sich selbst, geschweige denn an ihre Kinder. Wenn Lisa die Zeit zurückdrehen könnte, dann hätte sie es sich mit dem einen Jahr noch einmal überlegt oder zumindest mit der Vollzeit. Sie hat die Illusion, dass ihr Kind nach einem Jahr total bereit wäre, in die Krippe zu gehen so wie alle anderen normalen Kinder. Dass ihr Kind hochsensibel sein wird, ahnt sie noch nicht. Dass sie selbst hochsensibel und dazu noch harmoniesüchtig ist, ist ihr ebenfalls nicht klar. »Ist doch kein Problem. Das wird schon«, versucht sich Lisa einzureden.

Einen Monat später, auf der Weihnachtsparty, trinkt Lisa nur Saft. In der Haushaltsabteilung wissen bereits die meisten von ihrer Schwangerschaft. Doch in den anderen Abteilungen hat sich das noch nicht herumgesprochen. Eine von den jüngeren Kolleginnen bemerkt Lisas Safttrinken sofort:

»Was? Du trinkst Saft?«

»Ja, wieso?«, erwidert Lisa erstaunt und überlegt: »Wirke ich wie eine Alkoholikerin, dass die Leute sich wundern, dass ich Saft trinke? Okay, bei der letzten Weihnachtsparty bin ich betrunken mit dem Fahrrad durch den dunklen Park gefahren, ohne Licht. Habe vergessen, die blöden Batterien zu tauschen. Dabei hatte ich nur Sekt getrunken! Es wäre verständlich, wenn ich mir ein paar Wodkas mit Orangensaft eingekippt hätte. Aber dieser blöde Sekt … Am nächsten Tag musste ich kotzen.« Lisa presst die Lippen unwillkürlich bei dieser Erinnerung zusammen.

»Bist du schwanger, sag mal?«

»Ähhh«, stöhnt Lisa nur.

»Ja, bist du!«, ruft die Kollegin aus.

»Ja, aber behalte es für dich!«

Es ist zu spät, eine andere hat die Konversation gehört.

»Lisa ist schwanger!«

»Schtt, bitte kein Wort sagen!«, flüstert Lisa aufgeregt.

»Ja, na klar. Wir sind wie Fische«, versichern die Kolleginnen.

Das mit den Fischen hat nicht funktioniert. Innerhalb von einer Woche wissen alle dreihundert Mitarbeiter der Bibliothek, dass Lisa schwanger ist.

»Na toll, wenn jetzt etwas passiert in diesen drei ersten Monaten, werden alle sagen, ich habe doch was getrunken. Sie halten mich für ein Sauffrosch.« Lisa klopft gefühlt jede Stunde auf Holz, ein alter russischer Aberglaube, dass das, was du denkst, nicht in Wirklichkeit passieren soll.

Petra fragt sie irgendwann: »Sag mal, was ist los mit dir? Warum rennst du immer wieder zur Tür?«

»Ich klopfe«, erwidert Lisa.

»Du klopfst?«

»Ja, ach vergiss es. Es ist einfach nur ein Aberglaube, weiter nichts. Ich werde nicht verrückt. Keine Sorge. Alles hier ist aus Plastik, deswegen renne ich immer zur Tür. Ich brauche Holz.«

»Wenn du mich fragst, ist das schon ziemlich verrückt, was du da tust!«, erwidert Petra und hebt auf ihre subtil kritische Weise die Augenbrauen.

Auf der Arbeit geben auch gleich alle Kolleginnen und Kollegen kluge Ratschläge. »Man muss alles gut vorbereiten«. Lisa denkt sich daraufhin: »Ich habe jetzt wirklich keine Zeit. Die Vorbereitungslisten sind kilometerlang. Außerdem habe ich den Mutterschutz dafür. Ein paar Wochen vor der Geburt sollten reichen.« Lisas zweite große Illusion. Die Leute haben manchmal Recht. Ein paar Wochen reichen leider nicht aus. Allerdings wenn man keine Ahnung hat, was wirklich wichtig ist, fängt man an, sich mit allen möglichen Besorgungslisten aus dem Internet herumzuquälen. Das macht natürlich auch Lisa. Deshalb werden die letzten Wochen eher stressig als entspannt, was für eine Geburt nicht gerade förderlich ist. Die zweite Sache, die man immer wieder gesagt bekommt: »Das Leben ändert sich danach total. Es ist nie wieder das, was es vorher war«.

»Ja, gut«, überlegt Lisa. »So schlimm kann es auch nicht sein. Die sind doch alle schlecht gelaunt oder übertreiben.« Lisas nächste große Illusion vom Leben mit einem Kind. Doch es ist so. Das Leben ändert sich total und es ist nie wieder, wie es vorher war. Nie wieder. Man lebt nie wieder einfach nur für sich selbst. Zumindest in den nächsten zwanzig Jahren nicht, aber auch danach kümmert man sich mehr um das Wohlergehen der Kinder als um sein eigenes. Man macht es unbewusst. Das Leben der Kinder ist einfach wichtiger als alles andere. In den ersten Jahren hat man das Gefühl, dass man innerlich zerbricht, vor Schlafmangel, Müdigkeit, ständigen Infekten, Arbeitsstress und so weiter und so fort.

Lisa stellt sich vor, dass sie, während das Baby friedlich in seinem Bettchen schläft, so wie es in den Windel- und Babynahrungswerbungen immer vorgegaukelt wird, ein bisschen malen, Bücher lesen und selbstverständlich den Haushalt machen würde. Sie wird sich um das Baby kümmern, natürlich, aber nicht vierundzwanzig Stunden Tag und Nacht. Darüber, dass sie jede Stunde, oder wenn es gut kommt, jede zweite Stunde durch Schreien wachgerüttelt wird, denkt sie nicht nach. Sie hat ein idyllisches Bild vor ihrem inneren Auge und das ist gut so. Denn sie freut sich richtig und alle guten Ratschläge können ihr die Freude nicht vermiesen.

»Na ja, vielleicht bekommst du einen ruhigen Kandidaten. Dann wird es nicht so schwer sein«, sagt ein älterer Kollege, mit dem sich Lisa sehr gut versteht.

»Warum nicht? Es wird bestimmt ruhig. Ich bin ja auch keine energiegeladene Brausetablette«, erwidert sie. »Eher eine verschlossene Kapsel mit Langzeitwirkung.« Der Kollege lächelt amüsiert:

»Na! Mal sehen, lass dich überraschen! Manchmal kommt es ganz anders, als du denkst.«

Um all ihre Unsicherheiten zu überwinden, kauft sie sich Bücher und nimmt alle Gratis-Zeitschriften mit, die sie in die Finger bekommt. Sie verschlingt alles und will sich so gut wie möglich informieren. Sie bekommt von einer Kollegin als Geschenk ein Buch, in dem steht, was jeden Tag mit dem Baby passiert.

»O, toll!«, sagt Lisa, als sie das Buch durchblättert.

»Ich hatte das Buch bei der ersten Schwangerschaft. Ich habe es damals fleißig gelesen. Bei der zweiten Schwangerschaft hatte ich keine Zeit, nicht mal um den Papierkram zu erledigen, geschweige denn um Bücher zu lesen«, schmunzelt die Kollegin.

»Ich denke, dieses Buch wird meine Bibel sein für die nächsten acht Monate. Danke dir!«, lacht Lisa.

»Na dann, viel Spaß!«

Das tut Lisa dann auch. Sie liest das Buch jeden Tag und es liegt neben ihrem Bett auf den Boden. Einen Nachttisch hat sie nicht. Seitdem sie vor ein paar Jahren umgezogen ist, ist sie nicht dazugekommen, irgendwelche schönen Möbel zu kaufen, geschweige denn zu dekorieren. Vorhänge sind ihr wichtig, damit die Leute sie nicht sehen können, ein Bett und ein Schrank. Ein Tisch und ein Klappbett im Wohnzimmer. Ein kleiner Fernseher, der auf einer alten vom Vormieter geerbten Kommode steht. Möbel auch noch für ein Baby anzuschaffen, ist für Lisa noch ein sehr weit entferntes Ziel.

Im Laufe des zweiten Monats beginnt eine Metamorphose. Theoretisch weiß sie, dass das passieren würde, aber dass es so lange dauert und so intensiv sein wird, ahnt sie nicht. Lisa hat das Gefühl, sie verwandelt sich in Spiderman. Sie kann den Geruch nach Schweiß, Döner oder chinesischer Pfanne von einem Ende zum anderen Ende des U-Bahn-Waggons spüren. In die Läden kann sie gar nicht mehr reingehen, da gleich ein undefinierbarer und sehr unangenehmer Geruch in ihre Nase sticht. Sie wundert sich: »Von wo zum Teufel kommt dieser Geruch?« Die Geräusche sind zu laut, die Menschen zu viel. Sie kann nichts mehr essen, nicht mal Schokolade. Alles ist buchstäblich zum Auskotzen. Früher bekam sie mittelstarke bis starke Panik, wenn sie keine Schokolade und keinen Kaffee zu Hause hatte. Nun war es zumindest für ein paar Monate vorbei mit der Schokolade und erstaunlicherweise mit dem Kaffee auch. Tees kann sie gerade so hinunterschlucken. Sie macht sich jeden Tag Kartoffeln in jeder möglichen Form, gebraten, gekocht. Avocado kann sie auch gut vertragen. Von allem anderen kriegt sie Übelkeitsanfälle. Sie hat es schon gelesen, dass das normal ist, aber so gar nichts essen zu können außer Kartoffeln und Avocado, scheint ihr sehr anstrengend. Dazu kommen Kopfschmerzen und Müdigkeit. Müde ist sie schon, seitdem sie dreißig geworden ist, aber das jetzt ist so extrem, dass sie überall einnicken könnte. Sie begreift, dass ihr Körper ganz schön was durchmacht. Und sie kann es nicht steuern. Nichts hilft, es bleibt ihr nur, irgendwie durchzuhalten.

An einem Sonntag liegt sie mit Kopfschmerzen und total verzweifelt auf der Couch. Der Paracetamol, den sie trinken darf, hilft ihr überhaupt nicht, auch wenn sie zwei Tabletten auf einmal trinkt. Vollstopfen will sie sich wegen des Babys auch nicht.

»So ein Mist!«, stöhnt sie. Sie kauert sich auf die eine Seite und reibt sich die Stirn, die von Schmerzen zu explodieren droht. »Ich kann das nicht mehr!«, jammert sie vor sich hin. Tränen rollen aus ihren Augen. Sie fühlt sich so unendlich müde von den Kopfschmerzen, von der Übelkeit und all diesen Sinnen, die ihr zu viel sind. »Wann ist das endlich vorbei?!«, fragt sie sich. Nach einer halben Stunde Tränen und verzweifeltem Nachdenken kommt ihr ein Gedanke in den Sinn: »Es wird schon vorbeigehen. Im schlimmsten Fall in acht Monaten ist es vorbei. Im besten Fall nach ein oder zwei Monaten. Du wirst davon schon nicht sterben, keine Sorge! Jetzt kannst du dich nur auf eine Sache konzentrieren. Die Sache, die du gerade machst. Du hast Kraft nur für eine Sache. Wenn du das Geschirr wäschst, dann fixiere dich darauf. Wenn du dir Zähne putzt, dann hast du Kraft nur für die Bewegung mit der Zahnbürste, für nichts anderes. Setze einen Fuß vor dem anderen. Einen kleinen Schritt nach dem anderen. Für mehr hast du keine Kraft. Und das ist gut genug.« Ohne es zu wissen, entdeckt Lisa die Achtsamkeit für sich. Erst später liest sie über die Achtsamkeitsmethode in einem Buch, als sie begreift, dass sie ein hochsensibles Kind bekommen hat und mehr noch: Ihr wird klar, dass sie selbst hochsensibel ist. Nachdem sie ihren Zustand akzeptiert hat, geht es ihr zumindest mental Tag für Tag besser, als würde ihr der Kampf gegen die Beschwerden, die so plötzlich auftauchen und ihr keine Verschnaufpause lassen, jeden Funken Energie rauben.

Jetzt akzeptiert sie auch, dass sie nur Kartoffeln und Avocado essen kann. Sie akzeptiert, dass sie ständig müde und ausgelaugt ist und schläft, wo auch immer sie kann. Wenn sie in die Läden geht, versucht sie, so schnell wie möglich da wieder rauszukommen. Sie braucht sowieso nicht viele Produkte, außer Brot, Kartoffeln und Avocados. Wenn sie einen Anfall mit Kopfschmerzen hat, weiß sie, dass es etwa drei Tage dauert und dann ist es vorbei. Sie konzentriert sich nur auf eine Sache und versucht, alle besorgten und verzweifelten Gedanken an sich vorbeiziehen zu lassen. Denn gegen die Gedanken anzukämpfen, macht alles nur noch schlimmer.

Weihnachten und Neujahr stehen vor der Tür. Lisa ist froh, ein paar Tage bei ihren Eltern zu verbringen und wie ein kleines Kind umsorgt zu werden. Ihre Eltern sind glücklich über das Enkelkind in Lisas Bauch und ihre Freude gibt Lisa das Gefühl, dass etwas Großes und Außergewöhnliches auf sie zukommt. Das zufriedene Plaudern ihrer Mutter über die Babyklamotten, die sie gekauft hat, oder über die Geschichten, als Lisa und Sascha Babys waren, beruhigen sie bis ins Tiefste ihrer Seele. Sascha kommt aus Lateinamerika auch zu Silvester. Er hat eine lange Reise hinter sich und will ein paar Wochen bei seinen Eltern bleiben. Lisa holt ihn vom Flughafen ab. Sie kann kaum ihr fröhliches Grinsen verbergen, als sie ihren großen Bruder durch die Scheibe sieht. Er ist wie immer lässig angezogen, mit Kopfhörern um den Hals, mit seinem großen Rucksack und einem breiten Lächeln im Gesicht. Seine blonde verwuschelte Mähne ist von weitem nicht zu übersehen. Von der Sonne ist er ganz braun geworden. Saschas blaue Augen leuchten, als er Lisa durch das Tor sieht, das sich ständig öffnet, wenn jemand durchkommt.

»Schwesterherz!«, schreit er und nimmt sie in die Arme. Lisa taucht in seine warme Umarmung ein und würde dort gern eine Ewigkeit bleiben. »Du weißt nicht, wie ich mich freue! Ich habe keine Geduld, bis das Baby da rauskommt! Ich werde der coolste Onkel aller Zeiten sein!«, plappert er los.

»Ein paar Monate musst du dich noch gedulden«, erwidert Lisa. »Du siehst wie ein Lateinamerikaner aus! Warst du nur am Strand, sag mal?!«

»Neunzig Prozent der Zeit, ja«, antwortet Sascha. »Hab dir doch schon gesagt, du solltest auch ein digitaler Nomade werden! Nie hörst du deinem großen Bruder zu!«

»Tja, das ist jetzt erstmal vorbei. Ich werde Mama und dann sehen wir mal weiter.«

»Ja, das Baby ist nun das Wichtigste! Wo hast du geparkt?«

»Im Parkhaus, wo denn sonst?«, fragt Lisa lachend.

»Auf einer illegalen Parkwiese natürlich, wo du nichts bezahlen musst«, erwidert Sascha und grinst.

Sie gehen ins Parkhaus und quatschen ununterbrochen weiter.

Am Silvester schläft Lisa nach einem üppigen Abendessen und ein paar alten russischen Filmen ein. Sie kann es nicht aushalten und schnarcht friedlich auf dem Sofa, während Sascha und ihre Eltern um Mitternacht ihre Gläser hochheben, sich umarmen und sich ein wunderschönes neues Jahr wünschen. Sascha trägt danach seine Schwester aufs Bett und deckt sie vorsichtig zu. Nicht mal die Feuerwerke schaffen es, sie zu wecken.

Der Januar geht vorbei. Irgendwann im Februar fühlt sich Lisa besser. Es kommt fast wie ein Wunder. Sie probiert langsam wieder verschiedene Produkte, ohne dass ihr übel wird. »Endlich! Ich kann das nicht mehr ertragen!«, sagt der weise Löffler lächelnd. »Ich auch nicht!«, erwidert Lisa und isst genüsslich eine selbstgekochte Bohnensuppe mit reichlich Knoblauch und Zwiebeln drin.

Zum Ende des dritten Monats hat sie eine Untersuchung bei der Frauenärztin. Auf die Frage, wie es ihr geht, antwortet sie nur mit:

»Gestresst.«

»Warum? Was ist los?«, fragt die Ärztin besorgt.

»Drei Monate lang habe ich diese komischen Sinne und

die Kopfschmerzen. Ich konnte nichts essen außer Kartoffeln. Jetzt wird es zum Glück besser. Aber auf der Arbeit habe
ich immer noch so viel zu tun wie sonst. Nur ich bin jetzt
nicht besonders leistungsfähig. Ich fehle ab und zu, da ich
mich nicht zur Arbeit schleppen kann. Die Kolleginnen denken womöglich, dass ich simuliere!« Lisa erklärt sich und
Tränen steigen ihr in die Augen.

»Ach, Frau Walschewskaja!«, antwortet die Ärztin mit
Mitgefühl in der Stimme. »Sie tragen nun ein kleines Kind in
Ihrem Bauch! Die Menschen um sie herum sagen bestimmt,
das sei keine Krankheit und man solle sein Leben so weiter
leben wie immer. Ich sage Ihnen eins, die Schwangerschaft
ist keine Krankheit, schon klar, aber es ist auch kein Spa-
ziergang. Der Körper macht Unglaubliches durch! Stellen
Sie sich vor, alle Organe werden in die Ecke gequetscht, um
Platz für das Baby zu machen. Das Baby wächst drin in Ihnen
und saugt Ihnen viele Vitamine und Minerale weg. Abgesehen davon, dass es irgendwann schwer wird und Sie sich
kaum bewegen können, sollte man auch die psychische Belastung nicht vergessen! Sie, als werdende Mutter und zwar
zum ersten Mal, machen sich unbewusst viele Sorgen! Sie
haben vielleicht auch Ängste, wie die Geburt verläuft, ob
alles mit dem Baby gut ist und so weiter und sofort! Man
sollte die Belastung auf keinen Fall unterschätzen. Und Sie
sollten sich das auch immer vor Augen halten. So wie ich Sie
einschätze, sind Sie von der Sorte Menschen, die niemals
jemandem auf den Schlips treten wollen, niemanden belei-
digen wollen oder jemandem zur Last fallen wollen. Es gibt
Frauen, die mit dem positiven Test zu mir kommen, und
sofort nach einer Arbeitsbefreiung verlangen. Das kann ich

natürlich nicht machen, ohne zu wissen, ob es auch einen Grund dafür gibt. Aber bei Ihnen habe ich das Gefühl, sie würden eher untertreiben als übertreiben. Wenn Sie Hilfe brauchen, flüstern Sie ganz leise ›Hilfe‹ oder sagen einfach gar nichts. Nun ist aber die Zeit, in der Sie nicht nur für sich selbst, sondern auch für Ihr ungeborenes Kind Kraft brauchen. Sie können also ruhig mal alles entspannter angehen. Niemand hat das Recht, Sie zu verurteilen. Und wenn jemand das tut, dann ist das sein Problem, nicht Ihres.«

Lisa nickt nur und wischt ihre Tränen ab. Immer wenn jemand Mitgefühlt mit ihr zeigt, wird sie traurig. Sie kann sich selbst nicht erklären, warum.

Daraufhin empfiehlt ihr die Ärztin, einen Yoga-Kurs für Schwangere zu besuchen, in einer Hebammenpraxis nebenan. Erstaunlicherweise gibt es Plätze in dem Kurs. Lisa erwartete, dass man sich in einer Warteliste eintragen muss. Die Trainerin sagt zu Lisa am Telefon:

»Ja, klar, haben wir Plätze. Komm einfach nächste Woche am Donnerstag um 16:30 Uhr vorbei. Ich darf doch du sagen, oder?«

»Ja, na, klar darfst du du sagen. Super, ich freue mich!«, rief Lisa begeistert.

Das ist das Beste, was Lisa in dem Moment passieren konnte. Die Stimme der Kursleiterin ist so angenehm, dass sie jedes Mal zum Ende der Stunde einschläft. Tief und entspannt. Die anderen ziehen sich bereits an und die Trainerin muss Lisa aufwecken, damit sie sich auch fertig macht.

»O, das war so schön«, gibt Lisa offen zu. »Deine Stimme massiert jede Zelle in meinem Gehirn!« Die Frau lächelt zufrieden. Sie ist Mitte fünfzig, mit dunklen Haaren, zu einem

Zopf gebunden, und von kleiner Statur. Ihr Körper sieht sehr fit aus.

»Du wirst eine ganz tolle Mama sein. Dein Kind hat Glück, in deinem Bauch zu sein. Glaub mir«, gibt sie zurück.

Der Kurs fängt jedes Mal mit einer Gesprächsrunde an. Jede Schwangere erzählt, was für Probleme und Beschwerden sie hat. Lisa wundert sich über die breite Palette an Beschwerden, die so eine Schwangerschaft verursacht. Es ist so, als würde der weibliche Körper eine völlige Metamorphose durchleben. »So ähnlich wie die Raupe, die sich im Nachhinein in einen Schmetterling verwandelt«, überlegt Lisa. »Der Po und die Schenkel werden breiter, überall lagert sich Wasser ein. Der Rücken tut weh, da man ja vorn mindestens 10 Kilos vor sich schleppt. Von den Hormonen mal abgesehen, die einem noch lange vor der Geburt keine Nacht geben, um durchzuschlafen. Das ist grausam«, denkt Lisa. »Und unglaublich zugleich.« Es gibt Schwangere, die bereits im letzten Trimenon sind. Sie können sich kaum bewegen, rollen von der einen Seite zur anderen und atmen schwer. »Werde ich auch so sein?«, fragt sich Lisa. »Das sieht alles ganz schön beschwerlich aus.«

»Ja, bei dir wird es nicht anders sein. Was denkst du denn? Hättest du damals an ein Kondom gedacht, wärest du jetzt nicht hier«, wendet der weise Löffler wie immer kritisch ein.

»Ich will aber hier sein, genau hier und jetzt, mit meinem kleinen Bauch, der in ein paar Monaten riesig sein wird. Das ist okay. Und ich werde es durchhalten. Diese Frauen tun es doch auch. Also!«, erwidert Lisa trotzig. Der weise Löffler seufzt und wackelt müde mit dem Kopf.

Die mittleren drei Monate oder
Superman kommt angeflogen

Zum Anfang des vierten Trimenons hat Lisa das Ersttrimes-ter-Screening mit der Nackenfaltenmessung, bei der man das Geschlecht sehen würde, und ob sich das Baby normal entwickelt. In Frage kommen immer die diversen Syndrome mit schwierigen Namen, über die Lisa gar nicht nachden-ken will. So wie alle Schwangeren wünscht sie sich, einfach nur die Worte zu hören: Alles ist normal, nichts Auffälliges. Als sie im Warteraum sitzt, sieht sie sich um. Es gibt da lau-ter glücklich aussehende Pärchen. Die Männer schauen auf ihre Handys, die Frauen blättern in den Zeitschriften oder schauen ebenfalls auf ihre Displays. Lisa seufzt, setzt sich auf einen freien Stuhl, so weit weg wie möglich von allen an-deren, und lehnt sich zurück. Sie hat keine Lust weder auf ihr Handy, noch auf die Zeitschriften Ihr Gehirn fühlt sich müde und ausgelaugt an. Ihr Blick streift noch mal über die Gesichter der Menschen. Sie ist die einzige Frau, die dort allein sitzt. Allein mit ihrem kleinen Bauch.

»Du brauchst jetzt nicht wehmütig zu werden. Ich habe es dir gesagt!«, warnt sie der weise Löffler. »Was denn? Ich habe dir auch gesagt, ich wollte das Kind. Alles andere ist egal. Ich bin kein Mädchen mehr. Ich bin eine Frau, deren Uhr mit fürchterlicher Geschwindigkeit tickt. Also!«

Der Löffler wendet sofort ein: »Du hättest aber auf Mr. Perfect warten können, oder nicht?«, er hebt zweideutig die Augenbrauen.

»Den Typen gibt es sowieso nicht«, murrt Lisa innerlich. »Woher weißt du, dass sich alle diese Pärchen zu Hause nicht gegenseitig anspucken, sich nicht die Haare ausreißen und sich nicht mit Joghurt beschmeißen?«

Der weise Löffler prustet los. »Joghurt?! Woher hast du das denn?«

Lisa gesteht: »Ich habe Miro ja einmal mit einem Becher Joghurt beworfen … Erinnerst du dich nicht? Du hast mich doch danach fertig gemacht!« Lisa denkt nach. »Einmal auch mit einer leeren Plastikflasche, mit einem Kissen, mit einem Buch … Ok, das war es, glaube ich.«

»Du weißt schon, dass so eine Aktion häusliche Gewalt genannt wird, oder?«, fragt der Löffler vorwurfsvoll. »Wenn er so was gemacht hätte, hättest du ihn gleich angezeigt.«

»Nein, hätte ich nicht. Aber ich wäre sofort abgehauen. Das schon«, entgegnet Lisa und fügt hinzu: »Du hast ja Recht. Ich bin nicht stolz darauf. Durch solche Ausbrüche gewinnt man sowieso gar nichts. Man fühlt sich einfach nur wie ein Stück Scheiße danach. Aber ich habe ihn nie mit etwas Hartem beworfen und ich weiß, dass er eine gute Reaktionsfähigkeit hat. Ich wollte ihm nie absichtlich wehtun.«

»Ja, ja … Das sagen die Schläger auch«, erwidert der Löffler weiterhin unzufrieden. Zum Glück hört Lisa bald darauf ihren Namen, so dass sie aus ihrem depressiven Gedankengang herausgerissen wird. Ihr Herz beginnt wieder wie wild zu schlagen. »Gleich sehe ich mein Baby auf einem großen Bildschirm!«, freut sie sich. Der Arzt ist sehr nett, was für

Lisa enorm wichtig ist. Er beginnt mit der Untersuchung und nennt seiner Assistentin irgendwelche Werte, die eingetragen werden müssen. Lisa schaut auf den Bildschirm wie erstarrt und kann es nicht fassen. Dieses kleine Wesen da! Es ist drin in ihrem Bauch und es ist ihr Baby. Unfassbar findet sie das. Der Arzt verkündet zum Schluss:

»Frau Walschewskaja, Sie haben ein starkes Kerlchen dabei! Sehr schön! Alles gut!«

»Das bedeutet, es wird ein Junge?«, fragt Lisa ungläubig.

»Ach, das wussten Sie noch nicht?«

»Ne, noch nicht.«

»Gut, dann wissen Sie es jetzt«, lächelt der Arzt verlegen, da er es ausgeplappert hat, ohne vorher zu fragen. »Hoffe, Sie wollten es wissen. Ich habe mich ein bisschen verplaudert.«

»Nein, kein Problem. Ich wollte es unbedingt wissen«, erwidert Lisa und steht von der Untersuchungsliege auf.

Auf dem Weg nach Hause denkt sie: »Ein Junge! Was soll ich denn nun mit einem Jungen anfangen? Ich bin kein besonders sportlicher Typ. Er will bestimmt die ganze Zeit Fußball spielen oder so was. Ich muss Sascha dazu verdonnern, so viel Zeit mit ihm zu verbringen wie nur möglich. Wie es aussieht, wird Miro ja nicht mehr in Berlin leben. Einen Mann zum Heiraten finde ich sowieso nie. Lust habe ich auch keine.« Als sie nach Hause kommt und ihre Eltern anruft, hört sie die Stimme ihrer Mutter, die fröhlich ruft:

»Ein Junge, sagst du?! Wunderbar! Ich freue mich so!« Ihre Freude ist so ansteckend, dass Lisas Glückshormone auch in Gang kommen. »Das wird schon! Mein kleiner süßer Spatz!«, denkt Lisa und schaut sich die Ultraschallbilder an, auf denen ein Babyprofil mit einer kleinen Nase und einem Schmollmund zu sehen ist. Sie küsst sie und legt behutsam eins von den Bildern in ihre Brieftasche.

Der Frühling zeigt sich in langsamen Schritten. Die Sonne kommt immer häufiger zum Vorschein, die Tage werden länger und die ersten Schneeglöckchen zeigen ihre weißen Blüten. Miro kommt aus Bulgarien zurück und Lisa holt ihn vom Flughafen ab. Sie weiß, dass sich Miro freuen würde, wenn sie auf ihn vor dem Ausgang wartet. Das tut er tatsächlich. Als er sie sieht, breitet sich ein glückliches Lächeln auf seinem Gesicht aus. Er umarmt sie herzlich und tätschelt ihren Bauch.

»Wie geht es, Rotschopf?«, fragt er amüsiert.

»Ich kann wieder essen. Das ist schon mal was«, erwidert Lisa und deutet Miro zum Ausgang. »Mein alter VW ist wieder in der Werkstatt. Komm, schnell, der Zug kommt in zehn Minuten!« Sie beeilen sich und erwischen den Zug gerade noch so. Während der Fahrt quatschen sie unbeschwert und sorglos so wie in alten Zeiten, als wären sie noch zwanzig. Als sie Miros Wohnung erreichen, will Lisa gehen. Auf einmal ist ihr klar, dass sie Abstand von ihm halten muss, damit sie sich nicht wieder in Illusionen verfängt, so wie immer. Besonders jetzt kann sie kein Drama gebrauchen. Miro meint zu ihr:

»Bleib, wir bestellen uns Pizza. Du kannst heute Nacht hierbleiben, wir müssen nichts machen, außer essen natürlich.« Lisa lacht übertrieben lässig auf. Er fügt aber ernst hinzu. »Einfach nur so … Gerade will ich nicht allein bleiben.«

»Na gut, dann bleibe ich«, seufzt sie und zieht ihre Jacke aus. Wohin das Ganze führen wird, weiß sie nicht. Sie will aber auch nichts von dieser anderen Frau wissen, jetzt nicht. Sie will diese Sache verdrängen, vergessen, streichen, annullieren. »Das geht natürlich nicht und das weißt du ganz genau«, donnert der weise Löffler schon wieder. Sie schüttelt ihren Kopf, so als wollte sie den Löffler mit all seinen guten Ratschlägen hinausschleudern.

Die Tage vergehen, der Stress auf der Arbeit nimmt zu, da sich auf wundersame Weise Sachen und Projekte anhäufen, über die nur Lisa Bescheid weiß und niemand sonst. Der Chef betont immer wieder in einer für ihn typisch süffisanten Art:

»Frau Walschevskaja, das hätte schon längst fertig sein müssen. Meine Bitte, machen Sie das in den nächsten Tagen. Kommen Sie in die Puschen!«

»Komm du doch in die Puschen, wenn du ein Baby in dir trägst und auf fünfzig Mails und Anrufe am Tag antworten musst! Geschweige denn von all dem anderen Kram, der noch zu erledigen ist!«, lautet ihre imaginäre Antwort. In Wirklichkeit beißt sie nur die Zähne zusammen und nuschelt:

»Für diese Aufgabe brauche ich länger, ein paar Tage reichen nicht aus.«

»Dann eben nächste Woche, bis nächste Woche muss es fertig sein«, erwidert Herr Wrangler und verlässt das Zimmer, ohne auf weitere Einwände von Lisas Seite zu warten. Die beiden anderen Kolleginnen schweigen und starren auf ihre Bildschirme, um sich nicht einmischen zu müssen. Ein

»Ach, Lisa, du bist schwanger, das mache ich«, wäre hilfreich, doch stattdessen kommen nur weitere Ratschläge von Petra und ein paar neue Liebesgeschichten von Milena.

Lisas Körper fühlt sich im März stark an. Und sie ist glücklich. Erstens, da die lästige Übelkeit, die Kopfschmerzen, die Schlaflosigkeit, die Geräuschempfindlichkeit weg sind und zweitens einfach nur so. Sie kann es sich auch nicht erklären, als hätte sie Gras geraucht. Ja, sie fühlt sich wie Superman. High und stark. Stark und high. Manchmal wenn sie durch den Park morgens zur Arbeit latscht, mit der Musik in den Ohren, hat sie das Gefühl, dass ihr Flügel am Rücken wachsen und sie samt ihrem Bauch fliegen würde. Der Arbeitsstress ist zwar immer noch da, doch sie denkt: »Scheiß darauf. Ich bin eh in ein paar Monaten weg. Ich versuche, meine Sachen bis zum Ende zu erledigen und dann sollen sie mit dem Kram ohne mich weitermachen.« Dieser Gedanke ist so schön, so erleichternd, dass sie sich noch glücklicher fühlt. Nicht mal die fehlende Beziehung zu Miro kann ihr die Laune vermiesen.

Bald würde sie von allen Seiten mit Fragen bombardiert, ob sie eine Hebamme hat, ein Krankenhaus, einen Kinderwagen, einen Geburtsvorbereitungskurs, ein Bett, Kinderzimmer, Klamotten, eine Tasche für das Krankenhaus, Ultraschalluntersuchungen, sonstige Untersuchungen. Die To-do-Liste wächst ins Unermessliche und Lisa verfällt in Panik. Doch sie macht sich wie eine Superheldin an die Arbeit. Sie versucht, das Wichtigste herauszufiltern. Das Wichtigste scheint ihr, eine Hebamme und ein Krankenhaus zu finden. Nach ein paar erfolglosen Telefonaten findet sie eine Hebamme, die noch Kapazitäten hat. Lisa hatte sich bereits mit dem Gedanken abgefunden, dass sie keine Hebamme bekommt. Überall sagte man ihr, sie hätte mit der Suche bereits im ersten Monat anfangen sollen. »Das ist wohl ein Witz oder? Ich habe einen Monat gebraucht, um mich vom Schock zu erholen und dann zwei weitere Monate, um etwas Ordentliches essen zu können. Wie bitte schön soll ich schon mit dem positiven Test in der Hand nach einer Hebamme suchen?!«, überlegt Lisa die ganze Zeit. Beim ersten Treffen mit der Hebamme, die Lisa gefunden hat, sagt ihr Bauchgefühl sofort: Mit der Frau sind sie nicht auf der gleichen Welle. Sie stinkt nach starkem Tabak und ist irgendwie ... abweisend. »Besser die als keine«, entscheidet Lisa. Weiter zu suchen, kommt für sie nicht in Frage. »Ich habe echt keine Zeit dafür«, überlegt sie. »Sie wird ihren Job schon machen«. Eine weitere große Illusion. Eine gute Hebamme ist extrem wichtig und, mit ihr klarzukommen, ist einfach notwendig. Nach der Geburt ist die Mutter meistens so hilflos, verunsichert, verängstigt, kraftlos, besonders wenn sie das erste Baby hat, dass eine gefühlvolle Hebamme so einiges in diesen ersten Monaten zum Besseren wenden kann. Mit dem Krankenhaus ist es das Gleiche. Sie findet ein kleines Krankenhaus, wo sich Lisa nicht besonders wohl fühlt. Es scheint ihr trotzdem sauber. Das reicht ihr erstmal. Nach drei Krankenhausbesuchen des offenen Abends hat sie keine Lust mehr, sich weitere anzuschauen. In den meisten Krankenhäusern ist sowieso alles schon ausgebucht. »Das ganze Berlin ist ausgebucht, sogar die Toiletten bei der Tankstelle, wie Miro sagt«, seufzt Lisa nach dem dritten Telefonat mit einem Krankenhaus.

Zudem wissen nun wirklich alle, dass sie schwanger ist. Der Bauch ist langsam nicht mehr zu übersehen. Deshalb trauen sich alle, sie mit angeblich überraschter Miene zu fragen:

»Ach, Mensch, bist du schwanger?«

»Ja«, erwidert Lisa dann lächelnd.

»Darf ich fragen, wer der Vater ist? Du hattest doch keinen Freund oder?«, ist stets die zweite Frage. Langsam denkt Lisa darüber nach, ein Schild an der Tür aufzuhängen, auf dem steht: »Der Vater meines Babys ist mein Ex. Nein, wir kommen dadurch nicht wieder zusammen. Ja, das Kind ist ein Wunschkind. Nein, es war nicht geplant.« Das sind alle Informationen, die die Leute haben wollen. So einfach ist das.

Milena verpasst keine Gelegenheit zu bemerken, wie riesig Lisas Körper wird. Sie hingegen zieht sich auffallend sexy an, mit engen Klamotten, um, wie es Lisa scheint, den Unterschied zwischen den beiden zu betonen. »Irgendwann wirst du auch in meine Situation kommen! Warte nur ab. Dann wirst du auch mit deinem Bauch hin- und herlatschen wie eine Ente«, sagt sich Lisa.

Petra wiederholt jeden Tag, dass Lisa ziemlich spät dran ist mit all den Einkäufen und Vorbereitungen.

»Ja, ja«, seufzt Lisa nur. »Mache ich noch.« Nicht, dass sie keine Lust hat, aber der Riesenhaufen an Listen und Aufgaben, die überall im Internet zu finden sind, sieht so beängstigend und zeitaufreibend aus, dass Lisa alles vor sich herschiebt.

Dass man am Ende mehr als die Hälfte der Sachen nicht braucht, weiß sie nicht. Das Wichtigste aber, den Still-BH, besorgt sie nicht und eine Trage auch nicht. Sie ahnt noch nicht, dass sich die Trage für sie in ihren Lieblingsgegenstand verwandeln wird. Von den Babyklamotten weiß sie auch nicht, welche bequem sind und welche nicht. Die Bodys, die man seitlich zuknöpft, und nicht über den Kopf zieht, sind das Beste, was sie für ihr hochsensibles Baby finden kann. Das wird sie aber erst nach der Geburt feststellen. Sie sammelt einfach alles, was man ihr aus zweiter Hand schenkt und lagert das in einer Ecke in ihrer Wohnung. Irgendwann wird der Haufen so unübersichtlich, dass sie entscheidet auszusortieren und zu behalten, was sie tatsächlich benutzen wird. Da sie jetzt aber noch keine Ahnung hat, behält sie alles und stopft es in mehrere Plastikbeutel. Eine Kommode für das Baby hat sie noch nicht. Sie schaut die Plastikbeutel verzweifelt an und wedelt mit der Hand. »Ich schaffe es schon …«, murmelt sie vor sich hin.

Sascha kommt an einem Wochenende, um zum Konzert zu gehen. Sie sind beide Fans von Bon Jovi. Als Kinder klebten sie alle Wände ihres Kinderzimmers mit Plakaten von Bon Jovi voll und kauften sich jedes Album als CD. Die Tickets haben sie vor langer Zeit besorgt. Lisa macht sich jetzt nur Sorgen, dass die lauten Dezibel das Kind stören könnten. Dort angekommen, stehen sie so weit entfernt von der Bühne wie nur möglich. Sascha beschützt seine kleine Schwester vor allen möglichen Schubsen und wird nicht einmal selbst laut: »Hey, pass doch auf!«, »Bitte zur Seite! Hier ist ein Baby an Bord!«, »Vorsicht! Nicht schubsen!«

»Du übertreibst ein bisschen, Sascha!«, sagt Lisa. »Ich bin schwanger, aber man kann mich durchaus noch berühren!«

»Sicher ist sicher, ich will nicht, dass dir was passiert!«, erwidert Sascha todernst.

»Lass uns lieber nach Hause gehen«, seufzt Lisa irgendwann. »Das macht so keinen Spaß, wenn man nicht vorne im
Gedränge tanzen kann.«

»Na gut, wie du willst«, antwortet Sascha etwas enttäuscht.

Auf dem Weg nach Hause holen sie sich zwei fette Döner
und essen sie anschließend in Lisas Wohnung mit einer
Tasse schwarzen Tee dazu.

»Erzähl mal, Schwesterherz, was ist nun mit Miro und
dir? Läuft da wirklich gar nichts mehr?«, fragt Sascha neu-
gierig.

»Nein, er hat eine Freundin in Bulgarien und wir streiten
uns sowieso ständig. Er geht mir auf die Nerven und ich ihm
ebenfalls. Also warum sollte das ein Kind jetzt ändern? Ich
denke, er wird mir schon helfen und sich um das Kind kümmern. Keine Sorge.«

Sascha beißt ein weiteres Mal von seinem Döner ab und
fährt fort:

»Wirklich schade, aber das macht nichts. Du wirst schon
jemanden anderen finden. Da bin ich mir sicher. Er ist ein
netter Kerl, aber auch ein Dummkopf. Das wird er irgendwann verstehen, dass er so ein Mädchen wie dich gehen ge-
lassen hat!«

Lisa lächelt zufrieden. Sascha schafft es immer, dass sie
sich gut fühlt, auf die eine oder andere Weise. Er findet dabei immer die richtigen Worte oder die richtigen Beschäfti-
gungen, um sie von ihren Problemen abzulenken. Sei es ein
Kinobesuch oder ein Kurzurlaub irgendwohin.

»Ich bin froh, dass mein Kind so einen coolen Onkel wie
dich haben wird«, erwidert sie.

»Aber logo!«, grinst Sascha und zeigt auf sich selbst mit von der Dönersause verschmierten Hand.

Zum Ende des zweiten Trimenons hat Lisa die zweite große Ultraschalluntersuchung vor sich. Diesmal ist Miro dabei und sie fühlt sich im Warteraum fast wie eine normale Schwangere mit einem normalen Mann an ihrer Seite. Als sie das Gesicht des Babys in 3D auf dem Bildschirm sehen, starren sie beide wie gebannt. Es ist so unglaublich, dass sie keine Worte finden. Das Baby saugt munter seinen Fußfinger und dreht sich hin und her. Man kann sogar sein süßes Gesicht erkennen. Die kleine Nase, den Schmollmund. »Das ist mein Baby, da in mir drin.«, denkt Lisa.

»Alles ist im grünen Bereich«, verkündet der Arzt. »Nichts Auffälliges. Wir können natürlich nichts ausschließen, aber die Wahrscheinlichkeit, dass ihr Baby mit einem Syndrom geboren wird, ist sehr gering.«

»Okay, zum Glück«, atmet Lisa auf und richtet sich auf.

Anschließend bekommt sie ein paar Ultraschall-Bilder, die sie mit einem zufriedenen Gesichtsausdruck in ihrem Terminkalender zu den anderen legt. Miro ist etwas abwesend, wie es Lisa scheint. Er verabschiedet sich recht schnell danach, da er am Abend arbeiten muss.

»Ich will noch ein bisschen schlafen, Lisa. Heute Abend habe ich eine Schicht, die zehn Stunden dauert, im Normalfall.«

»Ist gut, gehe und lass dich nicht stressen«, erwidert Lisa nur. Die beiden umarmten sich und gehen in verschiedene Richtungen.

Am Abend vor dem Einschlafen holt Lisa die Ultraschallbilder aus der Tasche, schaut sie sich minutenlang an und küsst sie mehrmals. Dann steckt sie sie wieder in ihren Terminkalender, als wären sie eine kostbare Ikone.

Die letzten drei Monate oder
Vorsicht, Hulk kommt!

Zum Ende des sechsten Monats beginnt eine erneute Verwandlung: zum Hulk. Lisas Körper wird immer größer und größer. Ihre Bewegungen werden immer schwerer und langsamer. Sie fühlt sich tatsächlich wie ein Riese, der mit seinem Bauch alles unter sich zerquetschen könnte. Außerdem wird sie wütend in Situationen, in denen sie früher alles brav heruntergeschluckt hat.

»Würdest du diese Excel-Tabelle mit den Signaturen machen, Lisa Schätzchen? Ich habe jetzt echt keine Zeit dafür«, fragt Petra. Lisa atmet tief ein und aus. »Echt jetzt?«, schoss ein einziger Gedanke durch Lisas Kopf. Sie selbst hat auch keine Zeit für die Tabelle, die einige Stunden in Anspruch nehmen würde. Außerdem hat sie es satt, dass die Kollegin alles auf sie abwälzt und sich als die große Teamleiterin ausgibt.

»Entschuldige, Petra, aber ich habe auch keine Zeit. Die Tabelle muss wohl warten, bis du Zeit hast«, antwortet sie und fühlt sich wie ... Hulk. Groß und stark.

Für Smalltalks ist Lisa in der letzten Zeit auch nicht bereit. Ihr fehlt die Zeit und die Kraft dafür. Früher hätte sie sich minutenlang mit jemandem unterhalten, nur um nett zu sein, ohne dass sie die Unterhaltung wirklich genießt. Seitdem ihr Bauch gewachsen ist und ihr das Atem oft wegblieb, hat sie keine Geduld für unnötige Gespräche zwischen Tür und Angel.

Es gibt zwei junge Kollegen, die ständig in ihrem Büro vorbeikommen, um sich zu unterhalten, vor allem wegen Milena. Petra nimmt an den Smalltalks auch gern teil. Bloß Lisa wartet immerzu ungeduldig auf das Ende der Unterhaltung, da sie weiterarbeiten will. Sogar wenn sie weiter konzentriert ihren Bildschirm anstarrt, auf die Tastatur tippt und den Lärm zu ignorieren versucht, wird sie von ihren Kolleginnen immer wieder in die Unterhaltung hineingezogen:

»Lisachen weiß das ganz genau, erzähl mal Lisa!«, pflegt Milena zu sagen.

»Lisa, versau uns jetzt nicht die Atmosphäre mit deinem Tippen«, befiehlt Petra.

Lisa ist danach immer ausgelaugt und gestresst. Da sie so viel Zeit in ein für sie unnötiges Smalltalk verschwendet und nicht das erledigen könnte, was sie sich vorgenommen hat. Der Kragen platzt ihr, als einer der Kollegen zu Milena und Petra meint:

»Was ist los mit dir, Lisa? Seitdem du schwanger bist, arbeitest du besonders fleißig!«

Lisas Gesicht läuft rot an und sie sagt ziemlich laut für ihre Verhältnisse:

»Leute, ich würde mich gern mit euch allen unterhalten, aber ich muss euch jetzt leider rausschmeißen, da ich keine Zeit habe.« Die zwei Männer sind äußerst verblüfft und die beiden Kolleginnen umso mehr.

»Autsch! Das war aber nicht nett«, meint der andere Kollege.

»Mag sein und wenn ihr wollt, könnt ihr gern weitermachen. Eure Unterhaltung stört mich nicht. Ich kann mich trotzdem konzentrieren. Aber ich will hier was erledigen, deswegen kann ich an der Unterhaltung nicht teilhaben. Es ist dringend und ich will es vom Tisch haben, tut mir leid«, sagt Lisa entschlossen. Ihr Herz macht Sprünge vor Freude, dass sie es wagte, so was zu sagen. Sogar der weise Löffler gibt ihr High Five.

Die beiden gehen daraufhin mit einem »Na gut, dann bis später« davon. Lisa fühlt sich ein weiteres Mal wie Hulk. Milena und Petra sind so schockiert, dass ihnen die Sprache abhandengekommen ist.

Als eine neue Stellvertreterin der Sekretärin des Direktors ihren ersten Tag im Büro hat, muss Lisa in der größten Mittagshitze ins andere Gebäude latschen, um ihr die Benutzung der Bibliotheksoftware zu erklären. Sie hat der Sekretärin gesagt, dass sie das am Telefon machen kann. Sie schafft es nicht dahin. Doch die Sekretärin ist der Meinung, dass Lisa nur so tut, als könnte sie nicht. In Wirklichkeit hat sie ja keine Lust, also ruft sie Lisas Chef an und dann den Chef von Lisas Chef. Alle kommen nach und nach zu ihr ins Büro, um zu fragen, wieso sie denn nicht ins andere Gebäude geht. »Weil ich keine Arschkriecherin bin«, denkt Lisa für sich zähneknirschend. Innerlich kocht sie vor Wut. Dass es so weit kommt, wollte sie nicht. Sie erklärt zuerst ruhig, wie die Situation ist, aber als sie sieht, dass die Chefs immer noch nicht entschlossen sind, sich auf ihre Seite zu stellen, wird sie laut: »Hören Sie, ich bin hochschwanger. Ich trage meinen Bauch kaum nach Hause und hierher. Und jetzt soll ich mich in der Mittagshitze noch ins andere Gebäude schleppen, um Sachen zu erklären, was ich auch am Telefon machen könnte. Geht's noch? Das habe ich Frau Schare bereits mehrmals gesagt, aber sie will anscheinend einen Pagen haben, der da persönlich antanzt und für sie ein paar Klicks macht!« Die beiden Chefs sind bestürzt, klimpern mit den Augen und ziehen die Augenbrauen zusammen, fast synchron. Lisas Chef murmelt nur: »Das haben Sie falsch verstanden, Frau Walschewskaja. Das war nicht so gemeint«, und gehen fort, ohne einen weiteren Kommentar. Die Sekretärin ruft anschließend an und sagt jammernd:

»Frau Walschewskaja, das war ein Missverständnis! Ich brauche dringend Ihre Hilfe!«

»Sie haben mir heute einen gesundheitlichen Schaden angetan. So sieht es aus. Dass Sie alle meine Chefs anrufen und sich bei ihnen beschweren, dass ich angeblich keine Lust habe, Ihnen zu helfen, ist eine Frechheit. Und jetzt wünsche ich Ihnen einen guten Tag und gehe zum Yoga, um dort mehrmals ›Ommm‹ zu sagen, und um diesen verdammten Tag hinter mich zu bringen.« Lisa legt den Hörer ab und sieht sich Petra und Milena an. Sie prusten los und können nicht mehr aufhören. Lisa muss ebenfalls lachen.

»Also ich muss sagen, irgendwas mit dir stimmt nicht, seitdem dein Bauch größer geworden ist«, meint Milena. »Diese neue Lisa gefällt mir!«

»Keine Ahnung, ich fühlte mich zuerst wie Spiderman, dann wie Superman, jetzt bin ich Hulk. Also Vorsicht. Ich kann mich echt nicht kontrollieren und sehe nur rot«, warnt Lisa und lacht weiter.

»Ja, das ist nicht zu übersehen«, sagt Petra ebenfalls amüsiert.

Die Hebamme ruft Lisa Mitte des achten Schwangerschafts-monats an und rät ihr eindringlich, dass sie zu ihrem Geburtsvorbereitungskurs kommen solle.

»Dein Partner soll auch kommen«, meint sie.

»Ich glaube, er schafft es nicht. Er hat viele Wochen im Voraus Schichten, die er nicht mehr absagen kann«, erwidert Lisa.

»Na, er will doch nicht seine Arbeit an erster Stelle setzen, oder? Ist das Baby jetzt nicht viel wichtiger als seine Schichten?«, hakt die Hebamme nach. Lisa überlegt eine Sekunde und fragt:

»Kostet der Kurs etwas?«

»Für dich ist er kostenlos, für deinen Partner 40 Euro«, antwortet die Hebamme widerwillig.

»Aha, dein sogenannter Partner zahlt!«, ruft der weise Löffler entrüstet. Lisa aber sagt nichts weiter außer:

»Wir schauen mal, vielleicht kommt er.«

Am Freitag, vor dem Wochenende, an dem der Geburtsvorbereitungskurs stattfinden sollte, sagt Miro ab. Er ist vorbeigekommen, um Lisa Säfte und andere Getränke mitzubringen. Für Lisa ist es schwer, die Einkäufe in die vierte Etage ohne Fahrstuhl zu schleppen. Also macht ihr Miro den Gefallen und bringt alles, was sie einkauft, hoch.

»Lisa, du weißt, dass ich solche Veranstaltungen hasse! Warum soll ich jetzt dahin? Die werden doch darüber sprechen, wie du bei der Geburt atmen sollst und wie du danach stillen musst! Ich werde da zwei Tage nur sinnlos rumhängen. Außerdem muss ich dann nachts wieder arbeiten!«

»Ist dir dein Baby gar nicht wichtig, sag mal?!«, wiederholt Lisa die Worte der Hebamme.

»Natürlich ist es mir wichtig, aber es ist doch keine große Sache, wenn ich nicht mitkomme!«

»Doch es ist eine große Sache! Ich will, dass du kommst!«, beharrt Lisa. In Wirklichkeit ist es ihr egal, aber sie weiß, dass die Hebamme sie kritisch anschauen wird, wenn sie allein kommt. Was würden die anderen Teilnehmer denken? Eine alleinerziehende Mutter! »Na und?«, sagt der Löffler. »Du wusstest doch, dass es so kommt? Jetzt machst du dir wegen eines Geburtsvorbereitungskurses so viele Gedanken!«

»Lisa, hör mal, ich versuche, dir bei allem zu helfen! Ich bin hier jeden Samstag und bringe deine Einkäufe! Baue Regale und Schränke zusammen! Was willst du noch?«

»Ach, jetzt muss ich dir dafür für die Ewigkeit dankbar sein, dass du ein Regal zusammengebaut hast? Am besten bitte ich dich ab jetzt um gar nichts mehr! Sonst muss ich mich immer rechtfertigen! Dass ich acht Monate dein Baby in meinem Bauch trage, ist wohl keine große Sache! Weißt du was? Verpiss dich einfach! Wenn du mit mir nicht dabei sein willst, dann ist es mir scheiß egal!« schreit Lisa und beginnt zu weinen. Miro versucht nicht, sie zu beruhigen und geht verärgert aus der Wohnung.

Am ersten Tag des Kurses kommt Lisa in die Hebammenpraxis und sieht sich um. Lauter glücklich aussehende Pärchen.

»Schatz, bringst du mir das Wasser aus dem Rucksack?«, fragt die eine Frau.

»Liebling, stell bitte noch ein Kissen hinter meinem Rücken«, fordert eine andere.

»Alles klar, ich bin im Paradies der glücklich gepaarten Schwangeren, nicht mal eine einzige, die allein ist. Nur ich, na toll!«, seufzt Lisa und setzt sich in einer Ecke mit der Hoffnung, mit der Wand verschmelzen zu können und dadurch unsichtbar zu werden.

Die Hebamme macht eine Vorstellungsrunde und fragt Lisa dabei ausdrücklich, wo denn ihr Partner bleibt.

»Er hatte heute Magenschmerzen«, lügt Lisa und wird rot.

»Aha! Nun gut!«, erwidert die Hebamme und wendet sich zur nächsten Frau, die sich vorstellen sollte.

Die Runde fängt mit einer Übung an, die von der Hebamme als der *Sonnengruß* dargestellt wird. Lisa ist jetzt aber weder nach Sonne, noch nach Gruß zumute. Sie will heulen. Die Hebamme behandelt in einem rasanten Tempo alle möglichen Themen, wie Vorbereitungslisten, Bürokratietipps, Geburt, Sorge für das Neugeborene und so weiter. Als sie bei der Nutzung der Trage ankommt, fragt sich Lisa: Warum ist das alles so kompliziert? Jeder muss versuchen, eine Babypuppe mit einem Tragetuch an sich zu binden und dann zum Vergleich mit einer normalen Trage mit Schnall-Funktionen. Weil Lisas Bauch bereits enorm groß war, wird sie vom Probieren ausgeschlossen, was ihr ganz gut passt. Lisas Nachbarin unterhält sich derweil mit ihrem Mann:

»Alle beide haben wir bereits, stimmt es, Liebling?«

»Ja, Schatz, ich glaube, ja«, erwidert der Mann.

»O, Mann, wo kann ich kotzen!?«, denkt Lisa. Sie hat zu dem Zeitpunkt nur ein paar Säcke voller Babyklamotten zweiter oder dritter Hand, die sie von anderen Leuten geschenkt bekommen hat. Sie hat keine Ahnung, was wirklich wichtig sein wird und alle diese Besorgungen scheinen ihr so viel, dass sie keine Lust hat, sich damit zu befassen. Die Aufschieberitis ist voll im Gang.

Das lange Sitzen mit dem großen Bauch macht Lisa zu schaffen. Sie kann kaum die Mittagspause abwarten. Nicht nur ihr Kopf dampft von so vielen Informationen, auch ihr ganzer Körper fühlt sich müde und steif an. Sie geht raus und kauft sich eine Suppe in einem kleinen Restaurant neben der Hebammenpraxis. Sie löffelt die Suppe nachdenklich und schaut sich die Pärchen aus dem Kurs an, die hin- und herlaufen. Dabei lächeln sie Lisa, wie es ihr scheint, bemitleidend an.

Es ist Samstagabend, als der erste Tag des Kurses vorbei ist. Lisa fragt sich: »Wie soll ich noch einen Tag durchhalten?« Sie ruft Miro an und fragt ihn, ob er nicht zumindest am zweiten Tag mitkommen könnte.

»Lisa, warum musst du mich jetzt zwingen, zu diesem beschissenen Kurs zu kommen? Es ist für dich womöglich wichtig, aber für mich nicht! Ich bin fix und fertig und habe einfach keine Lust, einen ganzen Tag inmitten von irgendwelchen Schwangeren und ihren Männern zu verbringen. Dabei werde ich sowieso nicht viel mitbekommen. Ich werde in der zweiten Stunde einnicken und du wirst dich wegen mir schämen, so wie immer!«

Lisa ist am Boden zerstört. Der zweite Tag ist ihr zu viel. Die Hebamme erzählt monoton über das Atmen bei der Geburt, über geplatzte Fruchtblasen und Wehen-Abschnitte. Lisa scheint es, als würde sie auf Chinesisch sprechen, als würde jemand anderes dasitzen, nicht sie. Am Ende des Tages geht sie völlig fertig nach Hause. Kurz vor ihrer Haustür bricht sie in Tränen aus und ist froh, dass es keine Menschen um sie herum gibt. Sie ist müde vom langen Sitzen, ihr Kopf gefüllt mit Informationen, die sie nicht filtern kann.

»Wie soll ich das nur schaffen?«, fragt sie sich verzweifelt. Es scheint ihr, als müsste sie den Mount Everest besteigen.

Als sie zu Hause ankommt, macht sie sich eine Tasse Tee und setzt sich an ihren Schreibtisch. Sie fühlt wieder ein paar heftige Tritte in ihrem Bauch. Seit einigen Wochen werden die Babybewegungen besonders intensiv. Anscheinend wird es ihm langsam eng da unten. Dann zeichnet sie ein paar Seiten von den erotischen Comics, die sie seit drei Wochen nicht mehr berührt hat. Nach einer halben Stunde geht es ihr wieder besser und sie kann entspannter ins Bett gehen. Vor dem Einschlafen überlegt sie: »Das ganze Problem ist doch, dass ich mich um die Meinung anderer Leute schere und mich mit den anderen vergleiche!« Der weise Löffler erscheint sofort wie aus dem Nichts: »Gut erkannt, meine Liebe! Das ist schon mal was!« Lisa dreht sich auf die Seite und schläft ein, ohne sich weitere Gedanken zu machen.

Am nächsten Tag hat Petra eine Fortbildung und ist nicht im Büro. Herr Wrangler ist auch nicht da, da er in ein paar Tagen Urlaub hat. Er macht immer Abenteuerurlaube irgendwo weit weg und braucht zuvor ein bis zwei Tage für die Vorbereitung. Jedes Mal meldet er sich vor dem Urlaub krank, deswegen rechnen Petra, Lisa und Milena auch diesmal mit einer Krankmeldung. Herr Wrangler enttäuscht ihre Erwartungen nicht und erklärt der Sekretärin des Direktors am Telefon, dass er schreckliche Halsschmerzen hat und sich vor dem Urlaub unbedingt auskurieren will. Die Sekretärin gibt Lisa und Milena die Information weiter. Lisa nickt nur mit dem Kopf und meint:

»Alles klar. Danke für die Info.«

Milena schlägt vor:

»Lass uns heute eine lange Mittagspause machen und ins Restaurant gehen! Unsere Lieblingspizzeria? Was meinst du?«

»Ooo, ja!«, ruft Lisa und freut sich schon auf eine entspannte Mittagspause mit Milena.

Als sie im Restaurant sitzen und auf ihre Pizzen warten, unterhalten sie sich über dies und jenes. Plötzlich sieht Milena angespannt aus und beginnt, sich an den Haaren zu ziehen. Lisa kennt das schon, das war ein Zeichen, dass sie nervös ist.

»Was ist los? Du siehst etwas gestresst aus«, sagt sie.

Milena schaut sie mit ihren großen dunkelbraunen Augen und presst die Lippen zusammen. Danach seufzt sie. Lisa wartet mit verständnisvollem Blick.

»Ich …«, fängt Milena an. »Ich schmeiße den Job. Ohne dich, nur mit Petra, werde ich sowieso nicht länger als einen Monat aushalten. Und zwölf schon gar nicht!«

Der Kellner hatte ihnen gerade die Pizzen gebracht und Lisa wollte mit dem Essen beginnen, doch sie ist so überrascht, dass sie das Stück Pizza wieder auf den Teller legt. Milena redet weiter:

»Ich habe entschieden, nach Lateinamerika zu fahren, um dort für eine Hilfsorganisation tätig zu sein. Wir werden in Schulen und Waisenheimen arbeiten.«

Lisa nickt nur und murmelt:

»Aha …«

»Ich weiß, das kommt ziemlich überraschend, aber ich habe die Entscheidung schon getroffen. Den Job hier hasse ich sowieso. Diese kaufmännische Ausbildung habe ich wegen meiner Eltern gemacht, um meine Brötchen sicher zu verdienen, wie sie immer sagen!«

Lisa reißt sich nach dem ersten Schock zusammen:

»Das hört sich zwar abenteuerlich an, Milena, aber irgendwie auch richtig«, sagt sie. »Du brauchst dich nicht zu rechtfertigen. Es ist dein Leben und du darfst selbst bestimmen, was du tust.«

Milena sieht erleichtert aus und fängt an zu essen.

»Alle, denen ich das gesagt habe, haben mich fertig gemacht, dass ich so was Blödes tue. Das sichere unbefristete Arbeitsverhältnis aufzugeben für eine Hilfsorganisation am Arsch der Welt …«

»Wo ist es eigentlich? Wohin fährst du?«

»Nach Peru und Bolivien.«

»Aha …«, sagt Lisa wieder. Etwas steckt in ihrem Hals in diesem Moment und sie kann es sich nicht verkneifen, es zu fragen. Nicht diesmal. Nicht in diesem Gespräch mit Milena.

»Milena, du tust das aber nicht nur, um jemanden kennenzulernen oder? Denn das wäre die falsche Motivation, um so was Neues anzufangen. Ich meine, ich kenne dich und ich weiß, dass du auf südländische Typen stehst. Fremden Kindern zu helfen, ist aber sicherlich keine leichte Sache und es gibt keine Garantie, dass es da nette Männer gibt, die dir das Leben schöner machen.«

»Bam! So direkt warst du wahrscheinlich noch nie in deinem Leben!«, ruft der weise Löffler überrascht. Milena sieht genauso überrascht aus, aber nicht verärgert, nur etwas beleidigt.

»Entschuldige, ich musste es dir sagen. Ich hatte das Gefühl, dass du meine Meinung hören wolltest. Wenn nicht, dann vergiss es einfach«, fügt Lisa hinzu.

»Du brauchst dich nicht zu entschuldigen, Lisa!«, erwidert Milena und ihr beleidigtes Gesicht erhellt sich wieder. »Das stimmt, ich erhoffe mir schon, dass ich da jemanden kennenlerne. Ein Single hofft immer, eine Single-Frau umso mehr. Nicht alle haben einen Ex, der ihnen netterweise ein Baby macht.« Lisa verschluckt sich bei diesen Worten und trinkt ein bisschen von ihrem Orangensaft. Milena fährt fort: »Ich tue es aber auch tatsächlich aus Menschenliebe und Abenteuerlust. Nach Lateinamerika wollte ich immer schon. Verreisen liebe ich, hatte aber noch nie so richtig die Möglichkeit. Nun, die Organisation wird alles bezahlen, ich werde für die Arbeit nicht wahnsinnig entlohnt, aber es ist egal. Hauptsache, ich hocke nicht hier mit Petra in einem Büro.« Lisa schmunzelt:

»Das stimmt wohl! Na dann, wenn ich nicht schwanger wäre, hätte ich mit dir mit einem Gläschen Wein auf dein neues Leben gestoßen! Ach so, und damit du es weißt, du brauchst keinen Ex, um ein Kind zu bekommen. Du wirst schon jemanden finden, der das ganz bewusst macht, nicht wie bei mir aus Versehen …«

Milena lächelt etwas traurig und erwidert:

»Dann lass uns darauf anstoßen, mit einem Gläschen Orangensaft! Dass wir beide die Männer finden, die ganz bewusst mit uns Kinder haben wollen!«

Lisa fügt hinzu:

»Sie sollen uns finden, ich bin es satt zu suchen! Und ganz ehrlich, wenn mich doch niemand finden sollte, ist auch ok! Dann ist es ebenso!«

Milena lacht: »Ja, genau!«

Sie stoßen auf das neue Leben vor beiden mit einem Glas Orangensaft an und essen ihre Pizzen genüsslich ganze zwei Stunden, bevor sie noch eine Stunde spazieren gehen, so dass ihre ausgedehnte Mittagspause fast zu einem ganzen Nachmittag wird. Lisa hat allerdings zum ersten Mal kein schlechtes Gewissen. Es ist für sie okay. »Ab und zu sollte man die Seele einfach baumeln lassen«, denkt sie. »Wenn du dich dabei wohl fühlst, warum nicht?«, kommentiert der weise Löffler sofort.

Der letzte Arbeitstag vor dem Mutterschutz ist endlich da. Lisa hat so sehnsüchtig darauf gewartet, dass sie es kaum glauben kann, wenn es endlich so weit ist. Alle verabschieden sich so, als würde sie zum Nordpol fahren. Sie fühlt sich komisch und erleichtert zugleich. Die meisten umarmen sie und wünschen ihr alles Gute. Die Kolleginnen und Kollegen aus der Haushaltsabteilung schenken ihr einen Erziehungsratgeber, ein paar Moltontücher und zwei Strampler. Lisas Blick überfliegt den Titel des Buches, als sie das Geschenk von allen Anwesenden auspackt: »Wie man Kinder erzieht. Von 0 bis 5 Jahre«

»Na, das hört sich irgendwie nach harter Arbeit an«, denkt sie. »Ich glaube nicht, dass ich das Buch lesen werde.« Der weise Löffler schaltet sich gleich ein: »Was denkst du denn? Dass ein Kind zu haben, ein entspannter Parkspaziergang sein wird?«

»Nein, natürlich nicht, aber das hier ist bestimmt eine Anleitung von der Sorte: Sei streng, arbeite hart und bringe deinem Kind bei, brav zu sein. Sogar das Bild von diesem fröhlich krabbelnden Kind überzeugt mich nicht.« Der weise Löffler seufzt und hebt seine Augenbrauen entrüstet.

Nach dem Abschied mit Kaffee und Kuchen, den Lisa für alle mitgebracht hat, sammelt sie hastig ihre persönlichen Sachen aus der Schublade und begibt sich frohen Mutes zu ihrem Yoga-Kurs. Bei der üblichen Gesprächsrunde am Anfang, bei der alle Schwangeren über ihre Beschwerden und ihre Freuden erzählen, sagt Lisa zufrieden:

»Heute war mein letzter Arbeitstag. Ich habe es endlich geschafft!«

Die anderen Schwangeren klatschen und gratulieren ihr, so als hätte sie eine Medaille gewonnen, für Langlauf mit Bauch.

Am Ende des Kurses gibt es die übliche Entspannung mit leiser Musik. Lisa schläft ein, so wie immer. Alle anderen Schwangeren ziehen sich bereits um und gehen los. Die Yoga-Lehrerin schaut nach Lisa, ob sie noch schläft. Sie lächelt und murmelt dabei: »Wir haben noch Zeit. Du kannst noch ein bisschen schlafen.« Danach holt sie sich eine Tasse Tee, setzt sich neben Lisa in Lotus-Position, nippt genüsslich an ihrer Tasse, die sie danach neben sich abstellt, und meditiert.

»Deine Schwangerschaft hat mich auch fertig gemacht«, meint der Löffler und zaubert mit seinem Löffel ein Himmelsbett. Er legt sich hin und schlummert ebenfalls ein. Lisa meint nur zu ihm: »Genau, mein Lieber, ich sag es dir. Entspannung ist das Beste, was du tun kannst. Ich weiß, du hast nur Gutes im Sinne mit deinen Ratschlägen. Aber manchmal übertreibst du.« Lisa merkt, dass der weise Löffler bereits eingenickt ist und dabei laut schnarcht. Ein leichtes amüsiertes Lächeln huscht über ihr schlafendes Gesicht.